만렙 플레이어
WISHBOOKS GAME FANTASY STORY

랭킹 플레이어 26

비츄 게임 판타지 장편소설

초판 1쇄 찍은 날 | 2020년 10월 20일
초판 1쇄 펴낸 날 | 2020년 10월 27일

지은이 | 비츄
펴낸이 | 예경원

기획 | 위시북스
편집책임 | 이은송
편집 | 위시북스

펴낸곳 | 예원북스
등록번호 | 제396-2012-000132호
등록일자 | 2012. 7. 25
KFN | 제1-566호

주소 | 경기도 고양시 일산동구 호수로 646-24 위너스21II빌딩 206A호 (우)10401
전화 | 031-819-9431 팩스 | 031-817-9432
E-mail | yewonbooks@naver.com

ISBN 979-11-365-4309-7 04810
979-11-6098-880-2 (set)

※ 이 도서의 국립중앙도서관 출판시도서목록(CIP)은 서지정보유통지원시스템 홈페이지(http://seoji.go.kr)와 국가자료공동목록시스템(http://www.nl.go.kr/kolisnet)에서 이용하실 수 있습니다.

26

만렙 플레이어

WISHBOOKS GAME FANTASY STORY

비츄 게임 판타지 장편소설

Wish Books

만렙
플레이어

CONTENTS

1장
바쁜데 미안하다

"내 자격을 증명하겠다."

태초의 불꽃 속. 한주혁은 그곳의 불길에 큰 타격을 입지 않은 채, 인벤토리에서 하나의 아이템을 꺼내 들었다.

'옥새. 이거면 충분하겠지.'

대도 블랙이 훔쳐낸 옥새. 옥새라면 황제의 자격을 충분히 증명해 낼 수 있을 거다.

태초의 불꽃. 그리고 옥새가 반응했다.

화아악-!

마치 불의 파도가 이는 것 같았다. 불기둥의 부피가 더해갔다. 불기둥의 색깔이 검은색으로 변했다.

팬더는 저 불길을 본 적이 있다.

'힐스테이의 중앙 제단.'

그곳에서도 저것과 비슷한 불꽃이 피어올랐던 적이 있다. 규모는 작지만 지금도 검은 불꽃이 피어오르고 있고.

'태초의 성지에서…… 중앙 제단과 같은 불꽃이 피어오른다.'

한주혁의 손에 들려 있던 옥새가 녹아내리기 시작했다. 한주혁의 손가락 사이사이로 옥새가 녹은 물이 흘러내렸다.

-태초의 불꽃과 태초의 옥새가 반응합니다.

한주혁이 고개를 갸웃했다.

'태초의 옥새?'

그런 설명은 없었는데. 태초의 성지라는 이곳에 와서 처음 듣는 단어다. 태초의 옥새.

-태초의 옥새가 진면모를 갖추기 시작합니다.

옥새는 이미 녹아서 사라졌다. 그런데 불기둥 사이. 검은색 소용돌이가 생겨났다. 검은색 기운이 모여들어 형태를 이루었다.

-태초의 옥새가 모습을 드러냅니다.

그것은 마치 자신의 주인을 이미 알고 있기라도 한 듯 한주혁을 향해 조금씩 부유하여 날아왔다.

-태초의 옥새에 생명을 부여하십시오.

누가 가르쳐 주지 않았지만 한주혁은 본능적으로 알 수 있었다.

'파천심공의 힘이 필요하다.'

'파천심공'이라는 심법 자체는 사라졌다. 하지만 몸이 기억한다. 한주혁이 과거 사용했던 모든 스킬들은 '스킬'이 아니라 '자연스러운 행동'으로서 몸에 존재한다. 하고자 마음먹으면 그 모든 것들을 할 수 있다.

한주혁이 힘을 끌어 올렸다. 한주혁의 몸에서도 검은색 불꽃이 피어올랐다. 신기한 것은, '태초의 불꽃'과 같은 검은색임에도, 어떤 것이 태초의 불꽃인지, 어떤 것이 한주혁의 몸에서 피어난 불꽃인지, 구분이 되었다는 것.

'주, 주군……!'

팬더의 몸이 떨려왔다.

'이 어마어마한 압박감은……!'

불기둥 자체만으로도 엄청난 마력이 느껴졌다. 그런데 지금과 비할 바는 아니었다. 주군의 몸에서 뿜어져 나오는 기세는, 자기 스스로를 대우주 앞의 먼지처럼 느껴지게 만들었다. 정말 작아지는 느낌이 들었다.

한주혁 손에 아이템이 하나 들렸다.

'이게…… 태초의 옥새.'

아이템 정보를 확인했다.

<태초의 옥새>

진정한 자격을 갖춘 황제만이 생성할 수 있는 옥새. 특별한 조건 만족 시, 최상위 등급 명령의 명령서를 작성할 수 있는 세계 유일의 아티팩트입니다.

등급: 절대 명령 등급

사용 필요조건: ?

한주혁이 몸을 부르르 떨었다.

'이게 뭐야?'

여태까지 가장 높은 등급은 '최상위 등급 명령'이었다. 그것은 레어나 유니크. 혹은 그를 초월한 신급보다도 훨씬 높은, 가장 높은 등급의 명령이었다.

'그런 최상위 등급 명령의 명령서를 작성할 수 있다고?'

게다가 아이템의 등급이 '절대 명령 등급'이다.

'절대 명령 등급……?'

완전히 처음 보는 등급의 아이템이 등장했다.

'특별한 조건이 뭔지는 모르겠다만…….'

이걸 알게 되면 최상위 등급의 명령서를 만들 수 있다.

'케르핀의 낙서장으로 많은 설정들을 바꿀 수 있었어.'

그 케르핀의 낙서장따위는 아무것도 아닐 정도의 문서를 찍어낼 수 있다는 얘기가 된다. 가령 케르핀의 낙서장으로 사막에 비가 오지 않는 설정을 바꿀 수 있었다면, '최상위 등급 명령서'로는 없던 사막도 만들어낼 수 있는 것 아니겠는가.

'절대 명령 등급이라.'

옥새를 가만히 내려다보았다. 검은색 기운이 새어 나오는 옥새. 용의 모양을 하고 있는 이 옥새는, 그 존재 자체로 어마어마한 압박감을 뿜어내고 있었다. 마치 자격이 없는 이가 손을 대면, 잡아먹기라도 하겠다는 듯.

'실제로…… 자격 없는 놈이 만졌다가는 잡아먹히겠는데?'

엄청난 기운을 내포하고 있다.

'오케이.'

옥새는 일단 손에 넣었다.

옥새를 인벤토리에 넣자, '태초의 불꽃'이 감쪽같이 사라졌다. 한세아는 그제야 숨을 내쉬었다.

"하아……."

옥새가 세상에 모습을 드러낸 순간, 그녀는 숨을 쉴 수 없었다. 마치 저 옥새가 공기를 전부 빨아들이는 것 같았다.

"오빠. 방금 그건 뭐였어?"

"새 옥새."

"평범한 아이템 아니지?"

"어. 장난 아니다."

한세아는 순간 할 말을 잃었다. 안 그래도 괴물 같은 저 오빠가 '장난 아니다'라고 표현할 정도면 도대체 어느 정도의 능력을 가진 아이템이란 말인가. 무척이나 궁금했지만 더 이상 질문을 하지는 못했다.

거대한 방패를 들고 있던 두 개의 석상이 두 걸음 앞으로 나왔다. 높이가 수십 미터에 이르는 거대한 석상이 움직이자 땅이 흔들렸다.

방패에서 검은색 빛이 새어 나오기 시작했다.

마주 보고 있는 석상에서 검은빛이 새어 나와 한주혁의 몸을 뒤덮었다. 그 기운은 반구의 형태를 띠고서 한주혁의 몸을 가두었다.

'흠.'

한주혁은 딱히 당황하지 않았다. 힘으로 부수고 나가려면 얼마든지 나갈 수 있다. 그렇게 하지 않는 이유는 이곳의 '특별한 안배'가 무엇인지 더 정확히 알기 위해서일 뿐이다.

목소리가 들려왔다.

[태초의 옥새를 소유하기 위하여 최소 두 명의 공증인이 필요합니다.]

알림과는 약간 달랐다. 석상이 말을 하는 것 같은 기분이었다.

'압박감이 조금 세진 거 같네.'

검은색 공간. 이 공간은 꽤 큰 중력이 작용했다. 정확히 구체화하기는 어렵지만 바깥 공간보다 최소 10배 이상의 중력이 찍어 누르고 있는 것 같은 느낌이었다.

한주혁이 귀찮다는 듯 손을 한번 내저었다. 무게감이 사라졌다. 중력이 원래대로 돌아왔다.

[최소 두 명 이상의 공증인을 데려오십시오.]

[최소 두 명 이상의 공증인을 데려오십시오.]

공증인이라.

'하나의 흐름으로 흘러가고 있다고 하면.'

아까 '적법한 자질'을 갖춘 자들을 선별했었다. 이곳에는 12기의 석상이 있고, '공증인 퀘스트'의 경우는 석상이 내린 퀘스트다.

'내 최초의 시나리오와 연관되어 있고.'

석상은 장로들과 연관이 있어 보인다.

한주혁이 말했다.

"팬더. 안으로 들어와."

알림 대신, 또 목소리가 들려왔다.

[바깥으로 육성은 전달되지 않습니다.]

[바깥으로 육성은 전달되지 않습니다.]

별로 놀라운 일도 아니다. 권능의 귓말. 그 능력을 사용했다.

-팬더. 안으로 들어와.

이 검은색 공간은 '권능의 귓말'까지도 무력화하지는 못했다. 팬더는 지체하지 않고 바로 뛰어 들어왔다.

"예! 주군! 팬더! 이곳에 들어왔습니다!"

한주혁이 피식 웃었다.

"목소리 같은 거 들리면, 공증한다고 말하면 돼."

"물론입니다."

한 명은 됐다. 팬더의 공증은 어렵지 않게 받을 수 있을 거다.

얼마 지나지 않아 팬더가 '당연하다! 무조건 공증이다!'라고 루펜달처럼 외쳤고, 그에 따라 또 목소리가 들려왔다.

[한 명의 공증이 완료되었습니다.]

[한 명의 공증이 완료되었습니다.]

예상이 맞았다. 장로의 공증이 필요했다. 팬더도 상황을 이해했다.

'또 다른 한 명의 공증인은 어떻게…….'

밖에는 현재 워프 마스터 이주랑. 앱솔루트 네크로맨서 마리안. 잿빛 마도사 루나. 매지컬 콜렉터 충성충성충성. 1번 성좌 루펜달.

'공증인의 자격이 장로라면…….'

과연 어떻게 다른 장로들을 부를까. 장로가 최소 한 명은 더 있어야 하는데.

"주군. 장로가 또 필요한 것이 아닙니까?"

"맞아."

팬더가 보기에 주군은 약간 고민하고 있는 것 같았다. 천하의 주군께서도 지금 당장 뾰족한 수는 없어 보였다.

'아니.'

그렇다고 보기에 좀 여유로우신 것 같기도 하고.

'고민 중이신 것 같긴 한데……'

고민 중이긴 한데, 그렇다고 아주 심각해 보이지도 않는다. 그런데 또 고민하고 있는 건 맞는 것 같다. 그래서 함부로 질문을 하지 못했다. 어쨌든 고민을 하고 계시니, 방해하는 것은 신하된 자의 예의가 아니라고 생각했으니까.

'주군께서는 과연 어떻게 하시려는 것일까……'

그때, 팬더의 몸을 무엇인가가 압박하기 시작했다.

"크……!"

압박감이 심해졌다. 한주혁과 다르게 팬더는 두 석상이 만들어내는 거대한 중력파에 저항하기가 쉽지 않았다.

"팬더. 괜찮나?"

"괘, 괜찮습니다."

한주혁은 평온했지만, 팬더의 발밑이 약 30㎝ 정도 푹 꺼졌다. 한주혁이 인상을 살짝 찡그렸다.

'나 혼자서는 충분히 커버가 되는데.'

이 특별한 공간은 자신에게는 해를 끼치지 못한다. 그러나 팬더는 아니었다. 팬더에게 압박을 가하는 이 공간의 설정을 없애지 못했다.

[또 다른 공증인이 필요합니다.]

[또 다른 공증인이 필요합니다.]

목소리가 이어졌다.

[적법한 자질을 가진 공증인의 공증을 받지 못하면 태초의

옥새는 주인을 잡아먹을 것입니다.]

[적법한 자질을 가진 공증인의 공증을 받지 못하면 태초의 옥새는 주인을 잡아먹을 것입니다.]

팬더도 그 말을 들었다. 순간이나마 긴장했다.

'아까 그것이 태초의 옥새.'

태초의 옥새. 한눈에 봐도 범상치 않아 보였다. 절대자인 주군께 위해를 가할 수 있을 정도로, 어마어마한 아티팩트로 보였다. 자신의 눈이 틀리지 않다면 분명히 그랬다.

'주, 주군께서는 도대체 어떻게 하시려고…….'

팬더는 발견할 수 있었다. 피식 웃고 있는 주군의 모습을.

시르티안은 한숨을 푹 내쉬었다.

'빌어먹을 모르골 놈들!'

모르골 제국 놈들은 하여튼 정이 안 가는 놈들이다. 마을이며 도시며, 생필품과 곡식들을 모두 불태우고 도망쳤다.

칸트가 가는 곳마다 승리를 하는 것은 좋긴 한데, 그곳의 백성들도 모두 먹여 살려야 한다는 것이 문제다.

'비겁하게 백성들은 내버려 두고…… 대신 먹을 것은 없애 버려?'

이쪽의 군량미를 없앨 생각이다. 어떻게든 피해를 주려는 속셈이다.

'내 무상 교복의 세상이…… 빈곤층에게 돌아가야 할 식사가……!'

복지 지옥은 오늘도 멀어져만 갔다. 빌어먹을 모르골 제국 놈들을 다 쳐부수고 나서야, 겨우겨우 복지 지옥을 향해 걸어갈 수 있을 것 같다.

'휴우.'

칸트 놈은 오늘도 와서 200억을 뜯어갔다. 그만큼 성과를 올리고 있기는 하다. 모르골 제국의 영토. 그 광활한 영토의 10퍼센트를 빼앗았다. 최상급 NPC들. 그러니까 '장군급'에 해당하는 NPC들과 아직 맞닥뜨리지는 않았지만 어쨌든 어마어마한 성과를 올리고 있는 것은 맞다.

'모르골 내에서도 칸트를 지지하는 세력이 생기기 시작했다지.'

에르페스에서 한번 해봤다고, 모르골에서도 잘하고 있는 것 같다.

'이 서류 더미들은…….'

잠을 잘 시간이 없었다. 하루가 24시간인 것이 너무 애통했다. 화장실 갈 시간, 밥 먹을 시간도 줄여가며 서류 검토에 빠져들었다. 겨우겨우 해나가고 있는 중이다.

그런데 갑자기 주군인 한주혁으로부터 귓말이 왔다.

-시르티안. 많이 바쁠 텐데 미안하다.

시르티안은 주군의 귓말에 정신을 퍼뜩 차렸다. 아무리 바빠도 주군의 말이라면 무조건 최우선적으로 해결해야 한다.

'미안하실 필요 없으십니다, 주군……!'

주군께서 10분을 내라면 10분을 낼 것이고, 1시간을 내라면 1시간을 낼 것이다. 주군께서 원하시는 그 시간을 내어드릴 것이다. 시르티안은 진심으로 그렇게 생각했다.

-제게 지시하실 것이 있으십니까? 성심껏 명령을 받들겠습니다.

그런데 귓말 전송이 불가능했다.

-귓말 전송 불가 지역입니다.

그와 동시에 어지러움이 느껴지기 시작했다.

"어어……? 어엉? 엉? 으아아악!"

시르티안에게 계속해서 알림이 들려왔다. 그로서는 이해할 수 없는 알림이었다.

팬더는 지금 무슨 일이 일어난 건지 대충 가늠할 수 있었다.

'방금 주군께서 사용하신 것은 설마…… 그것인가?'

뭔지 알 것 같다. 아주 오래전. 주군께서는 아이템을 하나 얻은 적이 있었다.

'방금 찢으신 스크롤의 이름이…… 뭐였더라?'

기억을 떠올려 보니 그 아이템의 이름은 '팬더의 응답'이었다. 팬더 역시 한주혁 못지않은 지능을 가졌다. 그것이 어떤 것인지 생각하자 금세 기억이 났다.

<팬더의 응답>

제9장로. 팬더를 소환하는 능력을 가진 스크롤입니다. 이는 제우스가 공증하는 최상위 명령 스크롤이므로, 그 어떤 상황과 장소 및 설정값에 구애받지 않고 사용할 수 있습니다.

팬더는 확신할 수 있었다. 방금 사용한 것은 분명히 '팬더의 응답'이었다.

"어어……?"

그런데 모습을 드러낸 사람은 팬더가 아니라 시르티안이었다.

'어떻게?'

이유는 알 수 없었다. 어쨌든 시르티안은 면도도 하지 않은, 매우 초췌한 얼굴로 나타났다.

"시르티안. 바쁜데 미안하다."

"아, 아닙니다! 주군! 주군을 이곳에서 뵈오니 영광입니다."

시르티안은 일단 넙죽 엎드리고 봤다. 당황한 것은 당황한 것이고, 상황 파악은 상황 파악이다. 과연 절대악이 자랑하는 참모형 NPC답게 상황을 꿰뚫어 볼 수 있었다.

'이곳은 불기둥.'

그럭저럭 버틸 만은 했다. 오래 버티기는 힘들겠지만.

'팬더. 그리고 나.'

주군께서는 특수한 어떤 아이템 같은 것을 사용해서 자신을 부른 모양이었다. 무엇인지는 중요하지 않았다.

'팬더와 내가 필요한 어떤 상황이로구나.'

참모답게 빠르게 눈치를 챈 시르티안이 말했다.

"주군. 제가 무엇을 하면 되겠습니까?"

"공증."

그 짧은 말에 시르티안이 대답했다.

"공증합니다."

무엇을 공증한다는 것인지는 알아보지도 않았다. 그저 주군께서 공증하라고 하니 공증할 뿐. 그 이상도 이하도 아니었다.

시르티안에게도 목소리가 들려왔다.

[확실히 공증합니까?]

[확실히 공증합니까?]

시르티안이 다시 한번 힘주어 말했다.

"공증한다."

이 목소리를 내고 있는 사람(?)이 누구인지 알 수 있었다. 방패를 들고 있는 두 개의 석상이었다.

'저런 건방진 것들이……!'

감히 주군께 공증을 하라고 요구를 한 것인가.

'주군께서 가만히 계시니 가만히 있는 것이다!'

시르티안은 비록 참모형 NPC이고 무력보다는 지력이 높은 NPC이지만, 그래도 어지간한 NPC나 플레이어보다는 훨씬 더 강하다. 속으로부터 마력이 들끓어 올랐지만 참았다. 주군께서 가만히 계시니까 자신도 가만히 있는 것이 맞지 않겠는가.

[두 명의 공증이 완료되었습니다.]

[두 명의 공증이 완료되었습니다.]

두 명의 공증이 완료되었다. 그에 따라 태초의 옥새에서 검은 빛이 새어 나왔다. 한주혁이 인벤토리에서 그것을 꺼내 들었다.

'태초의 옥새가…….'

가루가 되어 사라졌다. 하지만 이것은 사라지는 게 아니었다.

-진정한 태초의 옥새가 생성됩니다.

-황제의 피가 태초의 옥새와 반응합니다.

옥새는 단순히 사라지는 게 아니라 한주혁의 몸에 스며들기 시작했다.

-절대자의 칭호가 필요합니다.

한주혁에게는 절대자의 칭호가 이미 존재한다. 한주혁을 감싸고 있던 불기둥이 사라졌다.

밖에서만 지켜보던 한세아는 이 상황을 정확하게 이해하지 못했다.

'뭐랄까…….'

정확히는 모르겠다. 루펜달이 간략하게 정리했다.

"어려운 것 아닙니다."

"……네?"

"만렙이 쪼렙을 소환한 것뿐 아니겠습니까?"

"만렙이…… 쪼렙을요?"

오빠의 레벨이 만렙이라는 건 익히 알고 있다. 레벨 MAX. 이 세상의 유일한 플레이어. 그런데 소환한 상대가 쪼렙이라니?

"저 사람…… 시르티안인데요?"

루펜달이 고개를 끄덕였다.

"알고 있습니다. 스카이 데블의 장로죠."

"근데 쪼렙이요……?"

루펜달은 더없이 진지한 표정으로 말을 이었다.

"요즘 가장 유행하는 말 모르십니까?"

루펜달은 형렐루야 형멘 신드롬을 일으켰던 유행어의 창조자였다. 그랬던 그가 또 다른 말을 유행시키고 있는 중이다.

"절대악 미만 잡."

"……."

루펜달은 더없이 경건한 표정으로 스스로 고개를 끄덕인 뒤, 자부심이 가득 찬 것 같은 모양새로 말했다.

"절대악과 비교하면 장로든 1레벨 플레이어든, 어차피 똑같은 허접이니까요."

한세아는 감탄했다.

"아……."

루펜달의 저 진지함과 경건함은 좀 배울 필요가 있는 것 같다. 어떻게 저렇게 뻔뻔할 수 있는지 모르겠다. 저렇게 뻔뻔하려면 루펜달처럼 이 모든 상황을 '진실'로 믿는 믿음이 필요할 것 같다.

떠오르는 네티즌. '이오빠가내오빠다'는 한 수 또 배웠다.

'오늘도 많이 배웠다.'

루펜달은 루펜달도 모르는 사이, 한세아의 심적 스승이 되어갔다.

한주혁이 팬더의 의문점을 풀어주었다.

"원래 팬더의 응답이 맞지."

스크롤의 이름은 '팬더의 응답'이 맞았다. 그런데 팬더가 아닌 시르티안을 소환했다.

"스크롤도 결국에는 마나의 움직임을 저장한 아이템이잖아."

"그렇습니다."

"팬더. 너를 소환하는 대신 시르티안을 불렀을 뿐이다."

팬더는 아무 말도 하지 못했다. 대충 이해는 되는데, 그게 어떻게 가능했는지는 여전히 모르겠다.

"다른 장로들은 지금 전투 중일지도 모르고. 그리고 시르티안이 눈치가 가장 빠르니까. 그래서 시르티안을 선택한 거지."

"……예. 그렇군요."

팬더는 일단 그렇게 대답했지만 궁금함을 참지 못했다. 묻지 않고는 궁금함에 미쳐 죽을 것 같았다.

"그런데 주군. 저를 소환하는 스크롤로 시르티안을 소환하는 게 어떻게 가능하셨습니까?"

"그거?"

한주혁이 머리를 긁적거렸다.

"그냥 되던데."

"……예?"

"그냥 됐다고."

"……아."

팬더는 저도 모르게 그, 그렇군요. 하고 말을 더듬고 말았다.

"아무것도 없는 상황에서 너희를 소환하는 것은 나도 힘들어."

절대자. 어마어마한 능력을 가졌고 이 세계의 초월자인 것은 틀림없지만, 그렇다고 신은 아니니까.

"근데 이런 스크롤이 이미 존재하면, 그 스크롤을 살짝 조작하는 것 정도는 어렵지 않지."

"역시 주군이십니다……!"

한주혁이 씨익 웃었다.

"쉽게 쉽게 생각해. 팬더 너 대신 시르티안을 부르면 되는 거니까."

"……예! 주군!"

여전히 팬더의 상식으로는 이해하기 어려웠지만 그냥 납득하기로 했다. 애초에 이건 이제 이해의 수준을 벗어났다. 주군의 능력은 그 어떤 상식이나 이해로 판단할 수 있는 것이 아니다. 팬더는 그렇게 그냥 알고 넘어가기로 했다.

그때 한주혁에게 알림이 들려왔다.

-태초의 옥새가 플레이어의 몸에 완전히 융합되었습니다.

-태초의 옥새 활성화 명령은 '태초의 옥새'입니다.

아이템으로 존재하던 '태초의 옥새'가 이제 시스템으로서, 명령으로 부를 수 있게 됐다. 상태창이나 인벤토리창처럼 말이다.

바로 확인해 봤다.

'태초의 옥새.'

다른 창들과 마찬가지로, 한주혁의 눈에만 보이는 홀로그램이 떠올랐다.

<태초의 옥새>

최상위 등급 명령의 명령서를 작성합니다. 최상위 등급 명령은 '황제의 권위'를 대변합니다. 명령의 권세가 '황제의 권위'를 만족시키지 못하면, 황제의 권위는 땅에 추락하고 말 것입니다.

사용 필요조건:

1) '황제의 피'로 작성된 사인.

2) 적법한 자질을 갖춘 12명의 존재 중 과반수의 동의.

3) 쿨타임: 30일.

한주혁의 머릿속에 태초의 옥새 사용법이 저절로 입력되었다.

'아놔.'

절대악 클래스는 기본적으로 '블랙 스톤'과 밀접한 관련이 있는 클래스였다. 여태까지 쭉 그래왔다. 그리고 그것은 앞으로도 그럴 예정인 것 같다.

'또 블랙 스톤?'

단순히 블랙 스톤만 필요한 건 아니었다. '최상위 등급 명령서'라는 것이 그 효력을 발휘하려면 황제가 직접 중앙 제단의 신성한 불꽃에 명령서를 불태워야 한다고 되어 있다.

'쓸데없는 것으로 명령을 남발하면…… 내 피가 점점 희석된다라.'

부작용도 존재했다. 시스템이 판단하는, '황제의 권위를 손상시킬 수 있는 명령'을 억지로 명령서로 만들어 사용하면 '황제의 피'가 희석된단다. 결국 자격까지 잃어버릴 수 있다는 경고가 있었다.

'남발하지 말라는 거네. 뭐, 그래. 그건 그렇다 쳐.'

신성한 불꽃을 피우기 위하여 추가로 500개의 블랙 스톤이 필요하단다. 한주혁에게 가장 와닿는 건 이 한 가지 사실이었다.

'500개의 블랙 스톤? 또냐? 또? 맨날 블랙 스톤?'

한 번의 명령을 내릴 때마다 무려 500개의 블랙 스톤이 필요하다.

'아서 광산에 나타난 슬라임도 정리해야 하는데.'

지금 일들이 너무 밀려 있어서 슬라임까지는 신경 쓰지 못하고 있다. 조만간 그놈도 얼른 정리를 해야 몬스터 스톤 채취가 원활하게 이루어질 텐데.

'그래도 뭐. 최상위 등급 명령을 내리는데 블랙 스톤 500개면 싸게 먹히는 거지.'

예전에 던전 하나를 오픈하는 데 무려 1,000개나 되는 블랙 스톤이 필요하지 않았던가. 그것을 생각하면 블랙 스톤 500개는 그렇게 허무맹랑한 숫자는 아니었다.

'응?'

그런데 단순히 그게 끝이 아니었다.

-'태초의 옥새의 주인'을 점검합니다.

뭘 또 점검한다는 건지.

한주혁이 인상을 살짝 찡그렸다. 아무래도 너무 사기적인 능력이다 보니, 이것저것 제약이 많이 걸리는 모양이다. 하리엘의 드라칸 방주가 그랬던 것처럼 말이다.

한참의 시간이 흘렀다. 석상들도 그동안 움직이지 않았다. 천세송을 비롯한 한주혁 일행도 혹시 한주혁을 방해하는 게 아닐까 하여 잠자코 지켜보기만 했다.

'점검 시간이 꽤 오래 걸리네.'

5분이 넘게 흘렀다. 그사이, 한주혁은 일행들에게 간단하게 설명을 하고 휴식을 취하라고 말을 해줬다.

-점검이 완료되었습니다.

-에르페스 메인 퀘스트를 클리어가 완료되지 않았습니다.

-'태초의 옥새'의 사용이 일부 제한됩니다.

'태초의 옥새창'에 약간의 변화가 생겼다.

<태초의 옥새>

최상위 등급 명령의 명령서를 작성합니다.

사용 필요조건:

1) '황제의 피'로 작성된 사인.

2) 적법한 자질을 갖춘 12명의 존재 중 과반수의 동의.

3) 쿨타임: 30일.

사용 제한:

1) 살인 불가.

2) 타 차원 적용 불가.

3) 파괴적인 명령 불가.

사용 제한이 세 가지나 걸렸다. 제한을 보자마자 한주혁이 재미있다는 듯 쿡쿡 웃었다.

시르티안이 물었다.

"주군. 기분 좋은 일이라도 있으십니까?"

한주혁이 사용 제한에 관하여 설명하자 시르티안의 얼굴도 밝아졌다. 그 설명을 옆에서 듣고 있던 한세아는 고개를 갸웃했다. 팬더의 옆구리를 콕 찔렀다.

"팬더 장로님. 오빠한테 제한이 걸렸는데 도대체 왜 좋아하는 거예요?"

우리 오빠지만, 도무지 속을 모르겠다. 지금 보니 제9장로인 팬더도 싱글벙글 웃고 있지 않은가.

"그거야……."

그런데 그때. 석상들의 몸이 무너져 내리기 시작했다.

쿠궁! 쿠구구궁!

안내를 맡았던 '하이리'의 몸도 가루가 되어 흩날렸다.

하이리가 희미하게 웃으며 말했다.

"잠시나마 만나 뵈어 영광이었습니다."

태초의 가디언, 하이리. 그녀의 미소는 눈부셨다.

시르티안과 팬더는 그렇게 느꼈다. 불경하게도 어쩌면 주모님만큼이나 아름답다고 느꼈다.

'아…….'

시르티안조차도 순간 넋을 잃고 말았다. 그와 동시에, 주군으로부터 놀라운 말이 이어졌다.

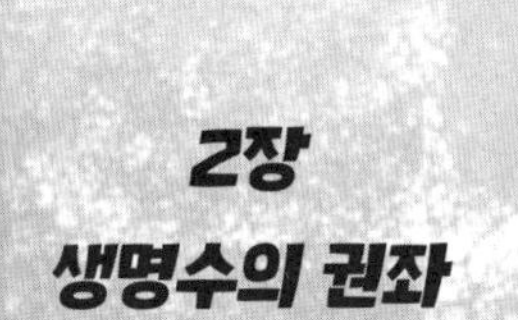

2장
생명수의 권좌

하이리가 희미하게 웃으며 말했다.

"잠시나마 만나 뵈어 영광이었습니다. 절대자여. 진정한 황제의 피를 이은 분이시여. 태초의 가디언 하이리. 절대자께 영광을."

한주혁이 말했다.

"어딜 가?"

이곳은 자신을 위한 안배다. 지금 시점에서 한주혁은 그렇게 판단하고 있다. 12개의 석상들. 태초의 가디언은 12장로와 연관이 있다.

"내 허락 없이."

시르티안은 순간 말을 잇지 못했다. 이유는 모르겠지만 일단 주모님의 눈치를 한번 살폈다.

태초의 가디언에게 성별은 없다. 가디언은 가디언일 뿐이다. 그렇지만 그냥 가디언이라고 하기에는 '하이리'가 너무나 아름다우며 자아를 가지고 있다는 게 문제였다.

'허, 허락 없이 어딜 가냐니…….'

물론 주군께 다른 속셈이 있을 리는 없지만, 주군께서 다른 여자(?)를 마음에 두실 리는 없지만. 그래도 주모님의 눈치를 봤다.

'아, 아니지.'

사실상 올림푸스의 황제에게 여자가 몇 명이냐. 그건 중요하지 않은 문제다. 시르티안은 그렇게 생각했다. 하물며 그 여자가 마족이어도 상관없고 장로여도 상관없으며 가디언이어도 상관이 없다.

'그래. 영웅께서 삼처사첩을 거느리는 것이야 뭐 이상하지 않지.'

시르티안은 진심으로 그렇게 생각했다. 주군께서 여자를 거느리든, 남자를 거느리든. 그건 신하인 자신이 상관할 바는 아니었다.

한주혁이 말했다.

"마리안. 부탁해."

천세송이 한 발자국 앞으로 움직였다. 시르티안이 눈치를 살핀 것과는 별개로, 천세송의 표정은 오히려 좋아 보였다.

"응."

천세송이 한주혁이 말한 '부탁'이 무엇인지 금방 알 수 있었으니까.

'오빠를 위한 안배.'

더 정확히 말하자면 '절대악'으로 시작한 '절대자'에게 필요한 안배다. 절대악에게 필수 요소였던 동료. 오빠는 지금 천세송 자신에게, 앱솔루트 네크로맨서의 힘이 필요하다고 말을 하고 있는 거다.

'도움이 될 수 있어서 좋아.'

여러 방면으로 열심히 노력하고 있고 그에 따라 '세계의 안주인'이라는 별명까지 붙었지만, 천세송은 그것만으로는 늘 아쉬웠다. 사랑하는 남자에게 좋은 거 하나라도 더 해주고 싶다. 그게 천세송의 솔직한 마음이었다.

천세송이 말했다.

"일어나라 죽음의 병사들이여."

아주 잠깐, 주모인 천세송의 눈치를 살피느라 상황을 정확하게 인지하지 못했던 시르티안도 금세 제정신을 차렸다.

'아……!'

자세히 보니 석상들은 그냥 파괴가 된 것이 아니었다.

'단순 파괴가 아니라……. 사망으로 처리됐다?'

잿더미가 되었다는 것은 '사망'했다는 얘기다. 생명력을 잃었다. 그렇다면 그 생명력을 다시 불어넣을 수 있는 사람은 앱솔루트 네크로맨서다.

쿠구궁-!

돌끼리 부딪치는 소리들이 들려왔다. 검은 잿더미들이 일어서기 시작했다.

알림이 들려왔다.

-태초의 가디언에게 새로운 생명을 불어넣는 데 성공하였습니다.

앱솔루트 네크로맨서인 천세송도 이런 알림은 처음 듣는다. 그녀는 사령술을 사용하는 클래스다. '새로운 생명을 불어넣는다'라는 개념은 애초에 그녀에게는 생소한 개념이다.

한주혁은 거기서 한 가지 사실을 깨달을 수 있었다.

'이번에도 반대로구나.'

거꾸로. 반대로. 모순. 이 모든 것들이 자신과 연관되어 있다. 여태까지 계속 그래왔고, 지금도 마찬가지다.

"마리안. 잘했어."

사실상 마리안(천세송)의 사령술은 '생명'을 불어넣는 것이 아니다. 그저 시체를 다시 일으켜서 영원한 안식을 빼앗는 것뿐이다. 언데드가 되면 자신의 의지와는 상관없이 시전자의 명령에 따라야 하며, 시전자의 의지를 대변하는 대변인이 될 뿐이다. 그런데 새로운 '생명'이라고 표현했다. 시스템에서 말이다.

천세송의 얼굴이 조금 붉어졌다.

"나 잘했어?"

"응. 엄청."

"오예."

천세송은 기분 좋다는 듯 배시시 웃었다. 아무것도 아닌 대화지만 둘 사이에는 강렬한 스파크가 일었다. 한주혁과 천세송은 좋아 죽겠다는 표정으로 잠시 둘을 쳐다봤다.

한주혁이 말을 이었다.

"죽음의 권세를 다스리는 네크로맨서가 생명을 불어넣는다라. 생소한 개념이네."

모든 것이 거꾸로 돌아가는 상황들을 비추어 보았을 때.

"오늘을 위해, 앱솔루트 네크로맨서가 존재했을지도 몰라."

한주혁의 말은 거의 사실에 근접한 듯했다. 천세송에게 알림이 이어졌다.

-태초의 가디언 12기를 획득하였습니다.

-태초의 가디언 12기에 새로운 생명을 불어넣는 데 성공하였습니다.

-앱솔루트 네크로맨서의 최종 전직 조건을 만족하였습니다.

천세송이 눈을 크게 떴다.

"오빠. 최종 전직 조건을 만족했대."

한주혁이 고개를 끄덕였다. 앱솔루트 네크로맨서에서 또다시 전직이 이루어진단다. 뭐가 어떻게 변할지는 모르겠지만 한주혁은 일단 잠자코 기다려 주었다. 루펜달에게 귓말로 무엇인가를 말했다.

-알겠습니다, 형님. 3층성과 다녀오겠습니다!

루펜달은 3층성을 데리고 길을 되짚어 돌아갔다.

"……."

한주혁이 입을 다물자 모두가 조용해졌다. 시르티안과 팬더는 12기의 석상에서 검은빛이 새어 나오고 있다는 것에 집중했다.

시르티안은 저 검은빛을 간과하지 않았다.

'검은빛이 새어 나오긴 하는데…….'

표현하자면 껍질을 깨부수고 나오려 안간힘을 쓰고 있는 것 같은 느낌이었다. 그런데 까딱 잘못하면 저 껍질이 부서져, 아예 존재 자체가 무너질 것 같은 느낌이랄까.

'너무나 강렬한 힘 때문에…… 그 힘을 주체하지 못하고 사라질 것 같다.'

자신이 느끼고 있는 것을 주군께서 느끼지 못할 리가 없다. 눈치를 보아하니 이미 알고 계신 것 같다. 문득. 더없이 믿음직스럽다는 생각이 들었다. 저런 분이 주군이어서. 저런 분이 절대자셔서 정말 다행이라는 생각이 새삼스레 들었다.

천세송이 말했다.

"오빠."

그녀의 목소리가 바르르 떨렸다.

"내 클래스의 이름이 생명수의 권좌래."

"아."

잠깐 잊고 있었다. 하이리가 이곳을 안내할 때 분명 '생명수를 지킨다'라고 표현했었다.

어느새 완전하게 모습을 갖춘 하이리가 눈물을 흘렸다. 언데드임에도 불구하고 눈물을 흘렸다. 마치 모든 감정을 가지고 있는 것처럼.

"생명수의 권좌를 뵈옵니다. 절대자와 생명수의 권좌. 오랜 전설의 현실을 뵙습니다. 이 하이리. 죽어도 여한이 없습니다. 두 분께 제 모든 삶을 온전히 바칩니다."

하이리의 두 눈에서 눈물이 줄줄 흘러나왔다. 신기하게도 그 눈물이 반짝거렸다.

꼬꼬가 눈을 꿈뻑거렸다. 저거. 뭔지는 모르겠지만 맛있어 보인다. 반짝거리는 것이 금가루 같았다.

키엑.

지금 말고 나중에 먹어봐야지.

키엑.

지금 괜히 소란 떨면 주인한테 겁나 맞을 거야.

그렇게 생각한 꼬꼬는 잠시 식욕을 억눌렀다. 식욕이 폭발하면 주체할 수 없던 과거와는 많이 달라졌다. 꼬꼬도 많이 성장했다.

한주혁이 물었다.

"생명수의 권자는 생명수를 다루는 클래스인가?"

"그렇습니다. 생명수를 생성할 수 있는 능력이 곧 개화될 것입니다."

그 말이 맞았다. 천세송에게 새로운 스킬이 생겼다. 생명수의 권좌. 그에 걸맞은 스킬들이.

"오빠……."

천세송의 몸이 계속해서 바들바들 떨렸다. 한주혁에게 귓말을 보냈다.

-나…… 새로운 능력들이 생기긴 했는데…….

믿기가 어렵다. 스킬들의 능력이 하나같이 상상을 초월했다. 그중에서도 가장 놀라운 건 이거였다.

-타 차원에서도 제한 없이 능력을 사용할 수 있대.

-타 차원에서?

올림푸스에서 말하는 '타 차원'이란 곧 현실. 지구를 뜻하는 것 아니겠는가.

-네가 원래 부리던 언데드들도 그대로 있어?

-응. 생명의 권속으로 다시 태어났다고 했어.

-그러면 걔네도 현실에서 전부 쓸 수 있어?

-이, 일단은 그런 것 같아. 나도 너무 얼떨떨해서…….

한주혁의 미소가 짙어졌다.

'더욱 강력해진 앱솔루트 네크로맨서가 현실에서도 그 능력

을 쓸 수 있다고?'

그야말로 천군만마를 얻은 것 같은 기분이었다.

'드라칸 방주. 그리고 앱솔루트 네크로맨서의 군대면…….'

심지어 이 태초의 가디언들은 천세송이 여태껏 가졌던 모든 소환수들을 통틀어서도 최강의 능력을 가지고 있지 않은가. 뿐만 아니라 천세송이 있으면 대규모 물량전도 가능하다. 그것도 무려 현실에서.

말 그대로 자신의 예비 와이프가 걸어 다니는 군대가 되어버렸다.

-근데 그러려면 진정한 황제의 승인이 필요하대. 진정한 황제에게는 태초의 옥새가 있고 그 힘으로 내게 권능을 부여할 수 있대.

황제만 있어도 대군을 부릴 수 없고, 생명수의 권좌만 있어도 대군을 부릴 수 없다. 결국 그 둘이 같이 있어야 진정한 힘을 발휘할 수 있다. 과거. 절대악 시나리오 퀘스트를 클리어할 때에도 그랬고 지금도 그렇다.

한주혁이 고개를 끄덕였다.

'계속해서 같은 흐름이네.'

중구난방. 이리저리 다른 모양으로 흩어져 있던 모든 것들이, 사실 돌이켜 보면 하나의 거대한 흐름을 형성하고 있다.

'모르골 제국의 황성으로 가는 비밀 통로에 이런 안배가 있었다는 거야?'

뭐랄까.

'모르골 제국 놈들이 알면 어떤 반응을 보일까?'

여기서 의문이 하나 생긴다. 그렇다면 모르골 제국의 황성. 그곳의 비밀 지하 통로에 어째서 이런 안배가 있었던 걸까.

'아마 황궁과 지하 통로는 모두 맨브라암…… 혹은 그 후손이 만들었겠지.'

맨브라암은 형인 칸브라암을 최대한 배려했다. 결국 칸브라암이 맨브라암을 배신했다. 과거의 시나리오에 따르면 그랬다.

'맨브라암. 어쩌면 그는 이 모든 것들이 결국 벌어질 일이라는 것을 예상했을 수도 있어.'

시나리오 설정상으로는 그럴 수도 있다. 원수라 할 수 있는 형을 사랑한 나머지(그것이 사랑이든, 연민이든, 뭐가 됐든 간에) 결국 그는 스스로 형에게 죽어주었다. 자기 스스로는 형에게 복수할 수 없었으니까.

'결국 자신이 하지 못했던 것을 자신의 후손에게 넘긴 건가.'

아무래도 전체적인 흐름은 그런 것 같다.

그때 하이리가 말했다.

"그런데 생명수의 권좌께서는 아직 황제폐하와 같은 힘을 갖추시지는 못한 것 같습니다."

그건 당연하다. 한주혁은 이 파티 내에서도 독보적인 힘을 자랑하고 있으니까. 천세송이 아무리 잘났어도 한주혁의 능력에는 뒤따라가지 못한다.

"저의 동료들이 괴로워하고 있습니다."

석상들의 몸에서 새어 나오는 검은빛. 병아리가 알을 깨고 나오듯. 검은빛들이 스멀스멀 피어올랐다.

"저는 황제폐하의 은덕으로 말미암아 새로운 생명을 얻었고 이름을 찾았습니다."

그것은 충분히 감격스럽다. 황제를 원망하지는 않는다. 생명수의 권좌도 원망하지 않는다. 그저. 나머지 동료들은 운이 조금 나빴을 뿐이다.

"제 동료들도 진정한 황제와 생명수의 권좌를 뵌 것이 기쁠 것입니다."

어느덧 천세송의 이마에서는 땀이 비 오듯 쏟아졌다. 말도 못 하고 있는 것으로 보아 전력을 다해 나머지 11기의 석상들을 붙잡고 있는 모양이었다. 아직 천세송의 능력으로는 저들을 온전히 부활시킬 수 없는 것 같았다.

한주혁이 말했다.

"말했지. 내 허락 없이 안 보내준다고."

"하오나 폐하. 저들은 이미……."

소생 가능성이 없습니다. 생명력이 다했습니다. 너무 늦었습니다. 진정한 모습이 깨어나기에, 석상의 봉인과 껍질이 너무 단단합니다.

그렇게 말하려던 하이리는 말을 잇지 못했다.

"이미. 뭐?"

"그, 그것이……."

태초의 가디언. 하이리가 전혀 생각지도 못했던 일이, 눈앞에서 벌어졌다.

충성충성충성이 투덜거렸다.

"아니, 왜 다시 왔던 길을 돌아가?"

"형님께서 가라고 하면 가는 거고. 오라고 하면 오는 거다. 이 못난 제자 놈아."

"내가 왜 네 제자냐?"

"너는 이미 마음속으로 형렐루야를 외치고 있잖아."

"……."

3충성은 뜨끔했다. 오늘따라 루펜달이 예리하다.

"아니. 그래도 절대악으로부터 멀어지면 위험한 거 아니냐?"

"너는 비겁하게 제삼자일 때에만 논리적이냐?"

"그건 또 무슨 헛소리야?"

루펜달이 검지손가락을 좌우로 까딱까딱 흔들었다.

"형님께서 우리를 사지로 내몰 것 같냐. 이 말이란 말이다."

"……."

3충성은 말하고 싶었다. 너 분명히. 예전에. 언제인지는 기억 안 나지만, 분명히 절대악 때문에 죽은 적이 있었는데. 분명히 그랬는데.

"형님께서 그러실 일이 없지 않느냐?"

"그, 그러냐?"

3충성은 차마 루펜달에게 반박하지 못했다. 루펜달의 신실한 눈동자가 너무나 진지했기 때문이다. 그래. 뭐. 그런가보다. 그렇다 치지 뭐. 3충성은 그렇게 납득하고서 루펜달의 뒤를 따랐다.

"그런데 우리는 어딜 가는 거야?"

"형님께서 가라고 하신 곳."

"그게 어딘데?"

루펜달이 말했다.

"혹시 너도 봤냐? 문지기의 색깔이 변하는 거?"

3충성이 문득 떠올렸다. 그도 이미 알고 있었다. 절대악에게 말해야 하나, 말하지 않아도 되나, 그것을 고민하지 않았던가.

"알고 있어. 입구를 빠져나올 때. 분명히 검은색으로 변하고 있었어."

"창끝에 검은 기운도 맺혔지?"

"아마?"

루펜달이 고개를 끄덕였다.

"그 창. 가져오라고 하셨다."

"차, 창을 가져오라고?"

문지기는 멀쩡히 살아 있다. 문지기라 함은 입구에서 보았던 그 철갑병들을 말하는 것인데.

"그걸 빼앗아 오라고?"

3층성은 하마터면 '이런 미친!'을 외칠 뻔했다. 그걸 어떻게 빼앗아 온단 말인가. 그렇게 하려면 최소한 앱솔루트 네크로맨서나 잿빛 마도사 정도는 붙여줘야 하는 거 아니겠는가.

"빼앗아 오는 게 아니지."

루펜달이 앞장서서 걸어가며 씨익 웃었다.

"형님께서 달라고 하셨다 하면 될 거다."

"그러니까…… 그게 통해?"

3층성은 뭔가 불안했다. 보아하니 루펜달도 잘 모르는 것 같다. 잘 모르는데, 절대악을 향한 무한 신뢰와 믿음으로, 단순히 그것만으로 철갑병에게 돌아가고 있었다.

3층성의 몸이 바르르 떨렸다.

'절대악이 대단한 건 알겠어.'

절대악은 분명 맨 앞에 있었다. 철갑병들의 뿜어내는 마나의 색깔. 그리고 눈동자의 색깔이 변했다는 것은 자기만 발견한 줄 알았다. 맨 앞에 있는 절대악에게는 전혀 보이지 않았을 거라고 생각했다.

'뒤통수에도 눈이 달린 건 알겠는데…….'

그건 알겠는데.

'우리도 자기처럼 세다고 생각하는 건가?'

철갑병을 처음 마주했을 때. 상상을 초월하는 괴물이라고 생각했었다. 그만큼. 뿜어내는 기세가 엄청났다. 그런데 그런 괴물에게서 창을 빼앗아 오라니.

"창을 가져온다 쳐. 그럼 그다음에는?"

절대악은 요즘 무기를 딱히 사용하지 않는다. 아니, 애초에 인벤토리에 무기는 많이 있을 거다. 창 형태의 무기도 분명히 있다고 생각한다. 그런데 왜 굳이 철갑병의 창을 가져오라는 건지 모르겠다. 그 창으로 뭘 하려고?

루펜달이 말했다.

"형님께서 다 쓰실 일이 있겠지."

"……."

그 말은 루펜달, 너도 모른다는 얘기잖아. 3층성은 말하고 싶었지만 말하지 못했다. 저만치 앞. 이쪽을 쳐다보고 있는 철갑병의 검은 눈빛이 보였기 때문이다.

"야, 야. 조, 좀 천천히 걷자."

3층성은 루펜달 뒤에 숨었다.

"너, 너는 1번 성좌지만 나는 그냥 매지컬 컬렉터라고."

"그게 뭔 상관?"

그 말의 뜻은 이러했다. 1번 성좌든, 매지컬 컬렉터든. 어차피 맞으면 한 방이다. 한 방에 저세상으로 간다. 이곳은 아주 '특별한 필드'이니, 어쩌면 단순히 캐릭터가 죽는 것으로 끝나지 않을지도 모른다. 현실의 몸마저 망가질 수도 있다는 얘기다.

'근데 왜 안 무서워하냐고!'

3층성은 무서워서 발이 떨어지지 않았다. 철갑병들의 기세만으로도 오금이 저릴 지경이었다.

절대악의 부재라는 상황과 함께 맞이하는 철갑병들의 조우. 절대악이 있을 때도 무서웠는데, 절대악이 없으니 그 무서움은 극에 달했다.

'아이씨……. 저런 놈들을 그냥 말 몇 마디로 굴복시켰다고?'

어떻게 인간이 그럴 수 있단 말인가. 예전부터 느낀 거지만 절대악은 아무래도 인간이 아닌 것 같다.

그런데 루펜달이 크게 말했다. 저들의 기세 따위는 느껴지지도 않는다는 것처럼 말이다.

"형님께서 창을 내놓으라 명령하셨다!"

그 기세가 자못 당당하여 '원래 내 거니까 어서 돌려줘라!'라고 말을 하는 것 같았다. 루펜달의 발걸음은 자신감이 넘쳐흘렀다. 루펜달은 아예 철갑병들 앞에 섰다. 손 뻗으면 닿을 거리. 거짓말 조금 보태면 서로의 숨결이 느껴질 만큼 가까운 거리였다. 3층성이 느끼는 체감 거리는 그 정도로 가까웠다.

"빨리 내놓거라. 창 두 자루가 필요하다."

"……."

철갑병들은 움직이지 않았다. 그저 맹렬한 기세만 내뿜고 있을 뿐. 그런데 그 기세에 루펜달은 전혀 밀리지 않았다.

"형님의 명령을 받고 왔는데 망설이는 거냐? 아주 세상이 미쳐 돌아가는구나!"

"……."

3층성은 침을 꿀꺽 삼켰다. 저렇게 가까운 거리에서 저딴 말을 해대면 위험하지 않겠는가. 철갑병의 몸에서 딸그닥 거리는 소리가 났다.

'헉……!'

철갑병의 몸이 움직이는가 싶었는데.

'하…… 줘, 줬다……!'

철갑병이 창을 건넸다. 루펜달은 이게 당연하다는 듯 어깨를 으쓱했다. 3층성은 이 장면에 적잖은 충격을 받았다. 자신보다 훨씬 더 강력한 개체. 그것도 자신이 죽을 수도 있는 특별한 필드에서 그런 개체에게 저따위로 행동할 수 있는 배짱이 신기하기만 했다.

'진짜 줬네?'

루펜달은 실제로 창을 받아 들었다. 그리고 뛰기 시작했다.

"3층성! 빨리 안 오냐! 형님께 이걸 드려야지!"

한주혁이 저 창을 왜 가져오라고 했는지. 루펜달도 모른다. 그냥 가져오라니까 성심과 열심을 다하여 가져올 뿐.

창 두 개를 획득한 루펜달이 뛰면서 말했다.

"매지컬 콜렉터. 너는 아직도 갈 길이 먼 녀석이로구나."

루펜달이 우쭐거렸다.

"믿음으로 외친다. 그리하면 길이 보일 것이다. 알겠느냐, 어리석은 중생아?"

아이템을 수거하는 것이 일인 매지컬 콜렉터. 3층성은 어쩐지 묘한 패배감에 사로잡혔다.

한주혁은 석상들을 바라봤다. 장로들과 연관이 있어 보이는 태초의 가디언들. 하이리와 비슷한 형태로 변하지 못하고 결국은 부서지기 직전에 놓인, 한주혁의 눈으로 보기에도 위태위태한 그것들.

그때 목소리가 들려왔다.

"형니이이이이이이임!"

한주혁이 그쪽을 쳐다봤다. 루펜달이 창 두 자루를 들고서 달려오고 있었다.

'생각보다 빨리 왔네.'

철갑병들이 순순히 창을 넘겨준 모양이다. 일이 더욱 쉬워졌다. 한주혁은 퀘스트 창을 다시 한번 확인했다.

아까 전 하이리가 '이미 늦었습니다. 저들은 생명이 다했습니다'라고 말했을 때. 한주혁은 이미 퀘스트창을 살피고 있었다.

<부서져 가는 태초의 가디언>

눈앞에 부서져 가는 태초의 가디언이 있습니다. 생명수의 권좌를 통해 새 생명을 얻었지만, 아직 생명수의 권좌가 그들을 완전히 소생시킬 능력을 갖추지 못하였습니다. 생명수의 권좌와 함께하는 절대자는 생명수의 권좌를 도울 수 있습니다.

생명수의 권좌를 도우십시오. 태초의 가디언. 11기의 가디언에게 새로운 생명을 불어넣으십시오. 새로운 생명을 부여하기 위하여 '그림자가 없는 병사들'의 조각칼이 필요합니다. 조각칼은 두 개가 하나의 세트로 이루어져 있으며 조각술에 능통한 자만이 사용할 수 있습니다. 조각을 통하여 생명수의 권속들에게 생명을 불어넣을 수 있습니다.

한주혁은 '그림자가 없는 이'라는 것을 확인하자마자 입구에 있던 철갑병들을 떠올렸다. 그때 철갑병들의 그림자가 없는 것을 파악하지 않았던가.

'조각칼은…… 창을 의미하겠지.'

그리고 조각술에 능통한 자만이 사용할 수 있단다.

'다시 말해. 저 부서져 가는 석상들을 적절한 방법으로 조각해서 내부에서 폭발하는 힘을 제대로 다스릴 수 있도록 해주는 건데.'

한주혁은 이미 조각술을 경험했었다. 세계 12대 초인 중 한 명이었던 가르샤가 사용했었던 창. '쿠낙 전투창술'과 '쿠낙 조각술'을 사용할 수 있도록 만들어주는 창을 통해.

'쿠낙 조각술.'

그것이 한주혁의 기억 속에 있다. 절대자가 된 지금. 스킬이

나 아이템의 도움 없이도 그러한 능력을 끌어내는 것은 전혀 무리가 없었다.

'모르면 몰랐으되.'

아예 몰랐으면 모를까. 조각술에 대해 이미 알고 있는 한주혁이다. 몸으로 경험했었다.

'알면 쉽지.'

한주혁이 움직였다. 그의 움직임은 실로 경이로웠다. 3층성은 '경이롭다'라고 생각했다. 그렇게 빠르게 움직이는 것 같지 않은데도 불구하고 그의 움직임은 정말로 빨랐다. 보고 있는 3층성은 눈과 머리의 인지 부조화에 대해서 진지하게 고찰을 해야만 했다.

'눈으로 보기에는 엄청나게 빠른데…….'

분명히 빠르다. 두 자루 창을 조각칼 삼아 검은빛을 흩뿌리며 석상들을 깎아내는 저 모습은 신기하다 못해 신묘할 지경이다. 빛살처럼 빠르게 움직이며 창을 휘두를 때마다 석상들의 몸이 조금씩 깎여 나갔다.

'근데 왜 별로 안 빠른 거 같지?'

눈으로 보기에는 분명 빠르다고 생각한다. 그런데 이상하게도 빠르지 않은 것 같다. 여유로운 슬로우 모션 비디오를 보고 있는 것 같은 그런 느낌이다. 절대악의 움직임이 황홀하다고 느꼈다. 넋을 잃고 바라봤다. 그건 루펜달도 마찬가지였다.

3층성은 문득 이상함을 발견했다.

'아니. 재는 왜 울어?'

루펜달의 눈에서 눈물이 흘러나오고 있었다. 이유는 모르겠다. 인터넷 논객 3충성은 루펜달의 눈물을 결코 이해할 수 없었다. 나중에 루펜달로부터 '형님의 신묘한 움직임을 보고서도 경탄하지 않을 수 있는 네놈은 도롱뇽인 것이 틀림없다!'라는 핀잔을 들어서 좀 억울하긴 했지만.

어쨌든 한주혁이 계속해서 조각술을 펼쳤다. 본래 쿠낙 조각술이었던 그것은 한주혁의 손을 통해 새로운 조각술로 재탄생했다.

태초의 가디언. 하이리는 자신의 동료들이 하나하나. 제 모습을 찾아가는 것을 보며 넋을 잃었다.

"아아……."

하이리 역시 눈에서 눈물이 흘러내리고 있었다. 하이리가 넋을 잃고 중얼거렸다.

"전부……."

전부 되살아났다. 그것도 태초의 가디언. 본연의 모습을 가지고서. 새로운 황제와 생명수의 권좌를 모시는 권속으로. 완전히 다시 태어났다.

"전부 되살아났어."

하이리가 가장 먼저 무릎을 꿇었다. 그 양 옆으로 11기. 태초의 가디언들이 모두 무릎을 꿇었다.

"태초의 황제와 생명수의 권좌를 뵙습니다."

"태초의 황제와 생명수의 권좌를 뵙습니다."

…….

"태초의 황제와 생명수의 권좌를 뵙습니다."

"태초의 황제와 생명수의 권좌를 뵙습니다."

모두가 그렇게 말했다.

그들이 말을 하는 것만으로도 이곳, '태초의 성지'가 바르르 떨었다. 그들의 음성 속에 어마어마한 마나가 깃들어 있었다. 한 기, 한 기가 초월급 마법병기를 아득히 초월하는, 말 그대로 걸어 다니는 핵폭탄이라고 해도 좋을 정도의 전력이었다.

한주혁이 씨익 웃었다.

"우리의 권속이 된 것을 환영한다."

새로운 전력을 손에 넣었다. 그 힘이 어느 정도인지, 효용 가치가 어느 정도인지, 한번 파악해 볼 필요가 있지 않겠는가.

첫 번째 명령을 내리려고 했다. 그때 한주혁에게 또 새로운 알림이 들려왔다.

한주혁이 씨익 웃었다.

'역시, 그렇단 말이지?'

3장
서울 비상사태

"우리의 권속이 된 것을 환영한다."

절대자. 그리고 생명수의 권좌. 그 둘을 동시에 지배자로 모시는 '태초의 가디언'들을 유지하기 위한 조건은 꽤 까다로웠다.

-태초의 가디언들에게 관리자들이 필요합니다.

-1기의 가디언당 1명의 관리자가 필요합니다.

-관리자는 태초의 가디언을 관리할 수 있을 정도의 충분한 자질을 갖추고 있어야만 합니다.

-관리자는 반드시 충성 서약서에 이름을 올리고 있어야만 합니다.

한주혁과 천세송. 태초의 가디언. 그 둘 사이를 잇는 중간

다리가 필요하단다. 한주혁은 어렵지 않게 그들을 선택할 수 있었다.

'12개의 가디언.'

태초의 가디언이 열두 기다.

'12명의 장로.'

이건 딱 자신을 위한 안배 아니겠는가. 제우스는 참 기특한 녀석인 것 같다, 라고 생각했다. 혹은 설정상 고대의 인물인 맨브라암이 기특하든지.

"하이리. 중간 관리자 설정은 어떻게 하면 되지?"

"충성 서약서에서 선택하시면 됩니다. 단, 충성 서약서의 당사자와 태초의 가디언 사이에 물리적인 접촉이 있어야만 합니다."

"중간 관리자를 설정하지 않으면?"

"태초의 가디언들은 기본적으로 절대자와 생명수의 권좌를 따르는 권속입니다. 그중에서도 저희에게 직접적으로 명령을 내리는 분은 생명수의 권좌입니다."

하이리는 희미하게 웃었다. 성적으로 구분되어 있는 것은 아니었으나 아름다움에 익숙해질 만큼 익숙해진 한주혁조차도, 하이리의 저 미소가 아름답다고 느낄 정도였다.

"중간 관리자가 없다 하여도 저희는 움직일 수 있습니다만, 그 힘에 제약이 많이 생깁니다. 추산하기로는 절반 정도의 힘밖에 사용할 수 없을 것 같습니다."

한주혁이 고개를 끄덕였다. 관리자만 설정하면 훨씬 더 강한 가디언들인데, 굳이 관리자를 설정하지 않을 이유가 없는 것 같다.

"일단 너는……."

팬더를 쳐다봤다. 팬더가 침을 꿀꺽 삼켰다.

'주, 주군……!'

애타는 눈빛을 보내봤다. 자신은 하이리의 중간 관리자가 되고 싶지 않다.

"주, 주군. 아뢰옵기 황송하오나……."

팬더가 바닥에 넙죽 엎드렸다.

"주군께서 저를 하이리의 관리자로 앉히신다면 정말 기쁘게 받아들일 일인 것은 틀림없습니다만……."

팬더는 엎드린 상태로 하이리를 살짝 쳐다봤다. 다시금 얼굴을 땅에 박았다.

'저 가디언은 지나치게 아름다운 여성체……!'

자신은 여성체를 가지고 싶지 않다.

'나는 저 남자다운 남성체를 가지고 싶다!'

중간 관리자 후보답게, 그는 자신에게 처할 일을 이미 알고 있었다. 시스템이 플레이어에게 자연스럽게 정보를 입력하듯, 장로인 팬더도 그랬다.

'여성체와 함께했다가는 내 자아가…… 내 자아가!'

태초의 가디언. 그 중간 관리자의 직함을 받아들이게 되면, 태초의 가디언과 어느 정도 정신 융화가 이루어지게 된다. 정신뿐만 아니라 육체도 약간은 변화한다.

"제, 제게 좀 더 상성이 잘 맞는 태초의 가디언이 있지 않을까 하여……."

팬더가 주절거렸다.

"조금 더 상성이 잘 맞는 가디언을 선택하여 하사하신다면 주군께 조금 더 큰 보탬이 되어 방사능 핵폐기물로부터 벗어날 수 있지 않을까 하는 조심스러운 마음에……."

한주혁이 피식 웃었다. 일단 완전체의 모습을 하고 있는 하이리를, 일단 이곳에 있는 장로인 팬더에게 주려고 했던 것은 사실인데 그게 정말 싫은가 보다.

'정신 융화라……'

장로들과 태초의 가디언. 그 둘 사이에 정신적 교류가 이어진단다. 영혼으로 이루어지는 관계라나 뭐라나.

'성격과 정체성이 약간 섞인다고 보면 되나.'

거의 그런 개념에 가까운 것 같다. 팬더의 속마음이 들려오는 듯했다. 주군. 저는 게이가 되고 싶지 않습니다. 저는 상남자입니다.

'굳이 하이리를 줄 필요는 없으니.'

한주혁이 말했다.

"마리안. 일단 애들 역소환시킬 수 있지?"

"응. 소환 시점과 같은 상태로 다시 소환시킬 수 있어."

하이리를 제외하고는 아직 완전체가 아니다. 자아가 반쯤만 돌아왔다. 중간 관리자들과 '물리적인 접촉'이 필요하다고 하니, 그때까지 잠시 역소환시켜 놓기로 했다. 하이리를 제외하고서 말이다.

한주혁이 천세송의 머리를 쓰다듬었다. 다시 봐도 예쁘다. 언제 봐도 예쁘다. 자신의 아내가 될 이 여자는 이제 '생명수의 권좌'로 다시 태어났으며, 현실에서도 올림푸스와 동일한 능력을 끌어다 쓸 수 있다.

'현실에 강림한 앱솔루트 네크로맨서라.'

대규모 집단 전투전의 최강자(한주혁을 제외하고) 앱솔루트 네크로맨서가 현실에서 모습을 드러낸다면? 태르민이 이 사실을 알게 된다면 미치고 팔딱 뛸지도 모를 일이다.

거기까지 생각이 미친 한주혁이 기분 좋게 한 번 씨익 웃고는 물었다.

"하이리. 그렇다면 생명수는?"

생명수라는 것이 따로 존재하는 건 아니었다. '생명수의 권좌'의 능력이 극에 달하면, 그때부터 '생명수의 권좌'가 '생명수'를 만들어낼 수 있다고 했다. 한주혁이 당장 얻을 수 있는 정보는 거기까지였다.

한세아는 속으로 감탄했다.

'아까 그 상황에서 문지기들의 창을 가져올 줄이야.'

모르골 제국의 황궁으로 가는 비밀 통로. 어쩌면 오빠는 황궁의 인사들보다도, 황족들보다도, 이곳에 대해서 잘 알고 있을지도 모르겠다는 생각이 들었다. 그사이 오빠의 뜻을 알고 움직인 루펜달, 3층성도 그렇고.

'생명수의 권좌로 전직한 세송이도 그렇고…….'

별다른 활약을 하고 있지는 않지만 히든 피스를 잘도 찾아내는 꼬꼬도 그렇고.

'나도 활약해야지.'

한세아 스스로도 민폐가 되고 싶지 않다.

'음…….'

생각해 보면 오빠인 한주혁이 가는 길들은, 예전부터 그려지는 큰 그림 중 일부인 것 같다. 커다란 흐름. 일관성을 놓치지 않고 흐르는 그 흐름.

'그 흐름대로라면…… 잿빛 마도사인 나도 뭔가 활약할 기회가 분명히 있을 거야.'

정신 똑바로 차리기로 했다.

'오빠가 진짜 대단한 건 맞지만…….'

상대는 모르골 제국와 에르페스 제국을 뒤에서 조종해 오던 대공. 태르민이다. 어떤 능력을 가지고 어떻게 반격해 올지 모른다.

한세아가 말했다.

"지금쯤이면 황궁에서도 우리가 침입한 것을 알았을까?"

"글쎄. 그럴 수도 있고."

최상급 NPC들. 1급 혹은 2급 장군들이 나타나도 좋고. 나타나지 않아도 좋다. 나타나면 나타나는 대로 그들을 처리하고 키 포인트 아이템을 얻을 수 있을 거고. 나타나지 않으면 어찌 됐든 이 길은 황성으로 향하고 있을 테니까.

"알았다면 반응을 보이겠지."

한주혁이 저만치 앞을 가리켰다. '태초의 성지'에 존재하던 11기의 석상들. 그 석상들은 현재 사라진 상태. 석상들이 있던 자리 뒤로는 11개의 길이 보였다. 모두 지하로 내려가는 계단들이었다.

"하이리. 우리는 황궁 지하 통로를 통해 이곳으로 들어왔다. 다시 황궁 지하 통로로 나가려면 어디로 가야 하지?"

하이리가 여전히 희미한 미소를 띤 상태로 대답했다.

"절대자의 걸음이 곧 길이 될 것입니다."

위이이이이이잉-!

사이렌 소리가 크게 울리기 시작했다.

"어, 어? 뭐야?"

"민방위 훈련인가?"

예상치 못한 사이렌에 사람들은 당황했다. 반쯤은 당황. 반쯤은 짜증. 사이렌 소리는 사람들에게 굉장히 거슬렸다.

삑-! 삑-! 삑-! 삑-!

재난 문자가 전달되었다.

-몬스터 출현. 지정된 지하 대피소로 대피하시기 바랍니다.

그와 동시에 '몬스터가 나타났으니 모두 대피하라'는 방송이 계속해서 들려왔다.

"뭐, 뭐야? 이거 장난이 아닌 것 같은데."

빌딩에서 일을 하던 사람들이 창문 쪽을 쳐다봤다.

"허, 헉! 저, 저기 봐요!"

하늘에 몬스터들이 보였다.

"세, 세, 세, 세상에……!"

이곳은 올림푸스가 아니다. 현실이다. 지구. 지구에 올림푸스의 몬스터들이 모습을 드러냈다.

"저, 저, 저, 저게 저, 저, 전부 몬스터?"

비행형 몬스터들이 서울 상공을 까맣게 덮고 있었다. 그 숫자가 얼마나 되는지 제대로 파악조차 하기 힘들 정도였다.

청와대. 조해성 대통령이 입술을 깨물었다.

"결국 이 사태까지 이르렀군."

조해성은 이 상황을 아예 염두에 두지 않은 것은 아니었다. 이미 '몬스터 게이트'를 통해 몬스터가 현실에 나타날 수 있다는 사실을 알고 있었다. 그에 따라 준비를 해왔다. 이미 매뉴

얼은 존재했고, 매뉴얼대로 빠르게 대피를 권고했다.

전투기들이 출격했고, 서울 빌딩과 지하에 위치하고 있던 방공포와 무기들이 모습을 드러냈다.

'대비는 해왔다.'

절대악의 등장 이후로, 정치계에도 새바람이 불었다. 법조계도 마찬가지. 이 땅에 사법 정의를 바로 세우라는, 절대악의 '대중국 명령'은 이미 한국에도 불붙은 지 오래.

사건이 발생한 지 1분이 채 되지 않아 군인들이 자리에 배치되고 시민들을 대피시켰다.

조해성이 말했다.

"혼란은 최소화하되 선조치 후보고를 우선으로 행동합니다."

외신들은 그러한 한국의 대처를 보면서 이미 여러 번 '몬스터 출현'을 겪은 나라 같다고 감탄했다. 그만큼 한국의 대처는 빨랐다. 정부는 할 수 있는 최선을 다했고, 시민들의 안전을 지키기 위하여 정부가 할 수 있는 모든 것을 다했다는 평가까지 받을 정도였다.

사건이 벌어진 지 불과 5분이 채 지나기도 전에, 국군 통수권자인 조해성 대통령이 군복을 입고 TV에 모습을 드러냈다.

"한국은 결코 국민들을 외면하지 않을 것입니다."

가용 가능한 모든 수단을 동원하여 몬스터들을 격퇴하고 시민들의 안전을 책임지겠다고 약속했다. 할 수 있는 모든 것을 다하겠다고 말했다.

“대통령님. 일단 수송기로 이동하십시오. 서울은 너무 위험합니다.”

조해성 대통령이 고개를 저었다.

“국가 재난 사태가 벌어졌는데 어찌 외면할 수 있겠습니까? 저는 대통령입니다. 국가의 무게를 짊어지고 있는 사람이 어떻게 도망 먼저 칩니까?”

도망을 칠 수도 있다. 하늘에는 엄청나게 많은 숫자의 비행형 몬스터들이 날아다니며 사람들을 무차별적으로 공격하고 있다. 여기저기서 화재도 벌어졌다.

‘더 무서운 것은…… 이게 시작일 수도 있다는 것.’

지금 서울 상공에 모습을 드러낸 몬스터들은 올림푸스 내에서 레벨 50대에 해당하는 ‘붉은 매’와 ‘하이푼’ 등이었다. 전투기와 방공포로 상대가 가능할 정도의 몬스터들이었다.

하지만 레벨 50대가 아니라 그 이상이라면?

‘문 타이거만 해도 레벨 300대.’

카를로스 평야를 불태웠던 이프리트나 플레이어들을 공포에 떨게 했던 발록들이 등장한다면?

‘그때는 정말로 세계 종말을 각오해야 할지도 모른다.’

물론, 저번에 한주혁이 보여주었던 ‘드라칸’이 있지만 그것 하나만으로 몬스터 대군을 모두 상대할 수 있을지 없을지 모른다.

‘그렇게 강력한 힘은 제약이 따르게 마련이니까.’

여러 번, 연속해서 사용할 수 없을지도 모른다. 드라칸을 제외하고서, 절대악인 한주혁이 이 상황을 타개할 수 있는 어떤 힘을 가졌는지도 모른다.

'그나마 다행인 것은…… 몬스터들이 서울 상공을 벗어나지 않는다는 것.'

그리고 모두가 비행형 몬스터라는 것이다. 레벨 50대의 몬스터들은 전투기와 헬기로 충분히 상대가 가능한 정도다.

외신들도 일제히 한국의 상황에 집중했다.

-현실에 도래한 재앙. 비행형 몬스터들.

-레벨 50대 몬스터 떼.

-붉은 매. 하이푼. 서울 상공을 뒤덮다.

미국을 비롯한 동맹국들도 군사 지원을 아끼지 않겠다고 앞다투어 성명을 발표했다.

그런데 그와는 별개로 또 다른 바람이 한국에 일기 시작했다.

한국에 불어닥친 또 하나의 바람. 이른바 이 모든 것을 '절대악의 탓'으로 돌리는 이 바람은 청와대에서 가장 먼저 알아차렸다.

"불어닥쳤다고 보기보다는…… 불게 만들었다고 보는 것이 맞을 것 같습니다."

"나라의 재난을 이용해서 저희들 잇속을 차리겠다는 뜻인 것 같군요."

조해성 대통령의 이마에 주름이 하나 더 늘었다.

'정치인이라는 것들이…….'

아예 이해가 안 되는 것은 아니다. 취임 6개월이 지났다. 각종 여론 조사 기관에서 발표하기를, 조해성 대통령의 지지율을 90퍼센트 가깝게 잡았다. 가장 낮게 잡은 것이 80퍼센트였다.

'내 지지율을 어떻게든 끌어내려 보겠다는 수작이겠지.'

조해성의 지지 기반은 다름 아닌 절대악이다. 절대악이 흔들리면 조해성도 흔들린다. 바야흐로 지금은 플레이어 한 명이 대통령도 갈아치우는 시대다. 이러한 시국 가운데 이 난리통을 절대악의 탓으로 돌린다면?

"조직적으로 여론 조작이 일어나고 있는 정황을 확인하였습니다."

조해성이 다시 한번 인상을 찡그렸다. 제1야당 대표인 김성무가 대대적으로 주장하고 나섰다.

-이 모든 재앙은 절대악이 자초한 것입니다.

절대악이 태르민에게 반하여 움직였기 때문에. 제국까지 필요 이상으로 들쑤셨기 때문에. 한국이 가장 먼저 타깃이 되어 몬스터들이 등장했다고 말했다. 서울은 그야말로 전쟁 통과 다름없는 상황. 혼란을 틈타 선동했다.

-절대악이 없었다면 이러한 재앙은 일어나지도 않았습니다.

현재 제1야당 대표인 김성무는 대한민국의 보수를 대표한다고 주장한다.

-보수를 대표하여, 나라를 해치는 절대악이 진정 악이라고 주장하는 바입니다.

한국에는 여전히 전 대통령을 옹호하는 사람들이 많이 있었고, 적어도 그들에게 절대악은 원수였다.

대한민국은 민주주의 사회. 수많은 의견을 가진 사람들이 존재했다. 90퍼센트의 사람들이 절대악을 지지해도, 또 10퍼센트의 사람들이 절대악을 지지하지 않는다면, 적어도 500만 명은 절대악을 지지하지 않는다는 소리다.

조해성 대통령은 주변을 훑어봤다. 주변에는 비서실장밖에 없었다. 속마음이 튀어나왔다.

"이 난리 통을 틈타 또 저 지랄이니."

이 재난 상황을 어떻게 해결할지는 전혀 관심이 없다. 어떻게든 관심을 끌고 자신의 지지를 끌어올리려고 발악하는 모습이 불쌍해 보이기까지 했다.

"저 많은 사람들이 저런 말도 안 되는 의견에 동조한다는 것이 참 개탄스럽기도 하군."

조해성이 문득 생각난 듯 물었다.

"혹시 김성무도 태르민에게 세뇌되었나?"

"주력 정치인들 대부분이 태르민에게 세뇌되었거나 태르민의 영향하에 있다고 가정하는 것이 옳을 것 같습니다."

그래야 저들의 행태를 이해할 수 있으니까. 그래. 태르민 놈에게 세뇌되어서 그렇지. 제정신이고서야 저럴 리는 없다. 조해성은 그렇게 생각하기로 했다.

"절대악에게도…… 뾰족한 방법은 없겠지?"

"현재로서는 그렇지 않을까 싶습니다."

드라칸 방주는 엄청난 힘을 가졌다.

"저번에 발표했을 때. 위력은 정확하게 발표했습니다."

거짓말 조금 보태서 지구 반대편의 개미 새끼까지 잡을 수 있다고 표현했다. 위력은 자세히 설명했는데, 그 위력을 활용하기 위해 어떤 제약을 풀어야 하는지는 얘기하지 않았다.

"2급 장군을 단 한 방에 보내 버린 무기입니다. 그것도 현실에서. 상당히 많은 제약이 따르겠지요."

"……."

그렇다면 드라칸 방주에 더 이상 기대할 수는 없다는 거다.

"다행히 군 병력으로 어느 정도 대응이 가능한 상태이긴 합니다만……."

아주 가끔씩 상공에서 모습을 드러내는 비행형 몬스터 '황금 눈 독수리'가 문제였다. 이 '황금 눈 독수리' 때문에 벌써 전투기 두 대가 추락했고 조종사 두 명이 목숨을 잃었다.

"황금 눈 독수리에게는 무기가 통하지 않습니다."

붉은 매와 하이푼은 무기로 상대가 가능한데 황금 눈 독수리는 무기가 통하지 않는다.

"더더욱 문제는 그 황금 눈 독수리의 개체수가 조금씩 늘어나고 있다는 것입니다."

"끙."

그렇다면 황금 눈 독수리만 드라칸 방주를 활용하여 없애고 나머지는 과학 기술력으로 퇴치를 해야 한다는 말이다. 다행히 절대악의 눈치를 보는 수많은 세계열강이 돕겠다고 나선 상태.

"절대악에게서 연락은 아직 없지?"

오늘따라 절대악의 연락에 목이 말랐다.

란돌은 자리에 앉지 못했다. 그답지 않게 손톱을 깨물면서 200평이 넘는 거실을 돌아다녔다. 벽면 한쪽을 가득 채우고 있는 대형 TV에서는 한국의 상황이 실시간으로 전해지고 있었다.

'이건 위기다.'

현실 세계에 몬스터가 등장하기 시작했다.

'태르민의 특기는 선동과 날조.'

특히 상황이 어수선하면 어수선할수록, 그 특기는 빛을 발한다. 안 그래도 지금 이 모든 것이 절대악의 탓이라며 '절대악을 구속하라!'라는 정신병자들까지 등장하고 있는 판국.

'저들의 공포를 이해하기는 한다만……'

공포 자체는 이해한다. 서울 상공에 갑자기 몬스터들이 한 마리도 아니고 떼로 나타났다면 미칠 수 있다.

"그렇지만 미쳐도 곱게 미쳐야 하는 것 아닌가?"

손톱을 연신 깨물었다.

'친구에게 큰 문제가 생겼다. 내가 무엇을 도울 수 있지?'

지금 당장 금전적인 도움은 크게 필요하지 않을 거다.

'한국을 위해 뭘 할 수 있지?'

한국이 중요한 게 아니다. 친구의 조국이라는 게 중요하다. 친구의 조국이 위험에 빠졌다. 뭐라도 돕고 싶다. 어떻게 하면 좋을지. 생각하고 또 생각했다.

란돌뿐만 아니라 세계 각국의 정상들도 같은 고민에 빠져들었다. 한국이 이번 위기만 잘 헤쳐 나간다면, 몬스터들을 효과적으로 처리할 수 있는 수단만 만들어낼 수 있다면. 그러면 한국의 위상은 더더욱 높아질 거다. 절대악의 위상도 마찬가지고.

미국 대통령은 이렇게 평가했다.

"한국이 망하면…… 곧 세계가 망하겠지."

과학 기술력이 통하지 않는 개체도 존재한다고 했다. 그게 '황금 눈 독수리'란다. 그런데 황금 눈 독수리가 아니라 이프리트나 발록 같은 개체. 더 나아가 문 타이거 같은 놈이 나타난다면?

"우리는 한국과 같은 배를 탄 거다. 전 세계가 마찬가지야."

캡틴도 고개를 끄덕였다.

"저도 그렇게 생각합니다. 태르민의 목표는 전 지구의 노예화니까요."

미국 대통령과 캡틴은 동시에 인상을 찡그렸다. 캡틴이 물었다.

"김성무인가 뭔가. 암살할까요? 이 시국에 저 짓거리를 하고 있는데……."

"……."

미국 대통령은 순간 진지하게 고민할 뻔했다.

한주혁은 현재 히든 필드라 할 수 있는 '태초의 성지'에서 잘 빠져나와 '황궁 지하 통로'를 지나는 중이다. 당연히 이곳은 귓말 불가 지역. 강재명을 통해 현실에서 연락이 왔다.

-서울 상공에 비행형 몬스터들이 떼로 나타났습니다.

-그래요?

그런데 그때. 시스템의 개입이 발생했다.

-'황궁 지하 통로'에서 '외부와의 연결'을 발견합니다.

삐잉-! 삐잉-! 삐잉-!

요란한 사이렌 소리가 들려왔다. 지하 통로 전체에 사이렌이 울리는 것 같았다. 정말로 사이렌이 울리는 것처럼 주변에 붉은빛이 뿜어졌다 사라졌다를 반복했다.

-'황궁 지하 통로'의 시스템이 외부와의 연결을 차단합니다.
-'황궁 지하 통로'가 침입자의 위치를 실시간으로 추적합니다.
-'황궁 지하 통로' 전체가 '황궁 감시 구역'으로 지정됩니다.

외부와의 연결이 있으면, 이러한 시스템이 발동되는 것 같다. 한주혁이 혹시나 싶어 말했다.

"노리고 있던 바니까. 동요하지 마세요."

불행인지 다행인지, 한주혁의 파티원 중 그 누구도 동요하지 않았다. 한세아의 눈빛에는 동요? 동요를 왜 해? 오빠가 있는데. 이 정도의 의미가 담겨 있었다. 별로 긴장하지 않았는지 귓불을 살살 긁으며 태평한 모습을 보였다.

-'외부와의 연결'이 차단됩니다.

강재명과의 연락도 끊겼다.

-'황궁 지하 통로'의 시스템에 의하여 로그아웃이 불가능해집니다.

별로 새로운 것도 아니다. 이미 수많은 사람들이 경험했었던 실종 상태가 된 것뿐이다.

3층성은 스스로 놀라지 않는 자신을 보며 놀라야 했다.

'나 지금 실종 상태인데…….'

실종이면 까딱하면 죽는다. 논리적으로 생각하면 정말 위험한 상태다. 불안해야 정상이다. 그런데 안 불안하다. 이게 다 눈앞의 저 남자 때문이다. 절대악과 함께 있으면 불안하지 않다. 거대한 태산이 눈앞에 떡 버티고 있는 것 같은 기분.

'별로 안 무서운데…… 이게 정상이지?'

그러한 3층성을 보며 루펜달은 또 뿌듯한 미소를 지었다.

한주혁이 말했다.

"여기 시스템들이나 함정 같은 건 별로 문제가 안 되는데……. 현실 세계에 몬스터 떼가 나타났다는 게 문제네요."

강재명의 목소리가 제법 다급해 보였다. 지금 '황궁 지하 통로'를 진행하고 있다는 사실도 알고 있는데 굳이 연락했다는 것은 진짜로 중요한 일이라는 거다.

"태르민이나 황궁에서……. 우리가 이곳에 왔다는 것을 이미 감지하고 있었다면. 그 타이밍에 맞추어 현실 세계에 재난을 퍼부었을지도 모를 일이죠."

드라칸 방주를 염두에 두고 있을 테니까.

"아니면 지독한 우연이거나."

천세송이 물었다.

"그러면 어떡해? 나가봐야 하는 거 아니야?"

"바깥의 상황을 정확하게는 몰라. 그렇지만 빨리 나가는 게 좋을 것 같기는 해."

서울이 위험하다면 자신의 자택도 위험하다는 말이 된다. 캡슐 속에 있는 자신의 몸도 위험하다는 뜻이다.

3층성이 조심스레 물었다.

"이곳에서 나갈 수 있을까요?"

"그럼요."

한주혁이 피식 웃었다.

"실종 상태 많이 풀어봤거든요."

실종 상태는 '실종을 시킨' 매개체를 없애면 된다. 시스템이 분명히 얘기했다. '황궁 지하 통로'의 시스템에 의하여 실종 상태로 전환되었다고.

"실종시킨 놈 때려 부수면 돼요."

그게 사람이든 지하 통로든 던전이든 뭐든. 알게 뭐란 말인가.

"황궁으로 가는 길 하나는 포기해야겠지만……."

황궁으로 가는 길이 그거 하나일 리는 없다. 칸트도 바깥에서 잘해주고 있고, 황궁으로 가는 루트는 또 뚫을 수 있을 거다.

한주혁이 벽면을 향해 주먹을 내뻗었다. 지진이 일어나기 시작했다.

-'황궁 지하 통로'의 시스템이 강력한 강제력을 발휘합니다.

그 강제력에는 온갖 상태 이상 디버프와 대상을 무력화시키는 저주 마법, 그리고 대상을 공격하는 매우 강력한 공격 마법들이 포함되어 있었다.

루펜달이 중얼거렸다.

"어. 응. 안 아파."

루펜달의 얼굴에는 묘한 희열이 가득했다. 약간 발갛게 달아오른 것이 상당히 흥분한 듯했다. 당장에라도 '형렐루야!'를 외치고 싶어 입이 근질근질한 것처럼 보였다.

'그 어떤 것들도 감히 형님을 제약할 수 없으리라!'

루펜달은 그렇게 믿었다. 그리고 그 믿음은 실체가 되어 현실에 나타났다. 그 어떤 것도 절대악의 힘을 무력화시키거나 약화시키지 못했다.

3충성은 감탄할 수밖에 없었다.

'저게…… 절대자의 힘.'

혹시 아까 획득한 힘인가. 태초의 옥새를 흡수하면서 얻은 권능인가. 이것이 바로. 최상위 등급 명령의 명령서를 만들어내는 절대자의 힘인가.

'진실로 절대적인 힘이구나.'

그렇게 생각하는데, 루펜달이 옆구리를 콕 찔렀다. 혹시라도 한주혁에게 방해가 될까 봐 귓말을 보냈다.

-인마. 그런 거 아니다.

-뭐가?

-너 지금 형님이 방금 얻은 힘 써서 활약하고 있다고 생각하지 않았냐?

귀신같은 새끼. 3충성은 그렇게 말할 뻔했다. 가까스로 태연한 척했다. 루펜달은 마치 자신이 잘난 것마냥 어깨를 쭉 펴고서 자랑스레 얘기했다.

-야. 그런 거 아니고. 그냥 형님이 주먹으로 때려 부수는 거야. 형님께서 얻으신 고귀한 힘을 겨우 이딴 데 쓰겠냐? 머리가 있으면 생각이란 걸 좀 해라, 인마.

3충성은 또 하마터면 '그게 어떻게 가능하냐!'라고 말할 뻔했지만 말하지 않았다.

이제 그도 그러려니 하는 경지에 이르렀으니까. 강대한 제국. 모르골 제국이 비밀리에 만들어놓은, 황제를 탈출시키기 위한 지하 통로. 대단할 것이 분명한, 아니, 대단했던 것이 분명한 그런 통로.

'그래. 뭐. 그게 대단해 봤자지……. 저 주먹 휘두르는 사람이 절대악인데.'

이제는 황당하지 않다. 비교적 예상이 가능했던 알림이 들려왔다.

-'황궁 지하 통로'가 파괴되었습니다.

-'황궁 지하 통로'의 시스템이 종료됩니다.

-'황궁 지하 통로' 필드가 소멸합니다.

그래. 뭐. 그런가보다. 3충성은 그렇게 생각했다. 그러고서 주위를 둘러봤다.

"오잉? 뭐, 뭐여?"

3충성 입장에서는 생각지도 못했던 일이 벌어져 있었다.

4장
지상 명령

3충성이 주변을 둘러봤다.

"엥?"

3충성의 주변에 한주혁이 없었다.

"저기…… 절대악 님?"

절대악이 사라지자 극심한 공포에 밀려들었다.

'어이씨. 도대체 어디 간 거야?'

필드 자체는 평화로웠다. 어딘지는 모르겠지만 일단 숲속이다. 강력한 몬스터는 없는 것 같다. 어떤 위험한 함정도 보이지는 않는다. 그렇지만 두려웠다.

'도, 도대체 절대악은 어디로 사라진 거야?'

마치 엄마를 잃어버린 어린아이처럼, 3충성은 약간의 혼란을 겪어야만 했다.

그때 3층성의 어깨를 누군가가 탁! 쳤다.

"인마. 정신 차려라."

루펜달이었다.

"뭐야? 너 이거 어떻게 된 건지 알아?"

"나야 모르지."

"근데 뭐 이렇게 태평해? 지금 절대악이 없어졌다고."

"그럴 만한 이유가 있으시겠지."

"……."

3층성이 보기에 루펜달은 너무나 비이성적인 사람이다. 어떻게 절대악이 사라졌는데 저렇게 평안할 수 있단 말인가.

"형님께서 우리를 위험한 곳에 내버려 두고 가셨을 것 같냐?"

3층성은 말할 뻔했다. 그 사람과 우리의 위험은 그 개념부터가 다르잖아. 그 사람이 안 위험하다고 판단해서 우릴 내버려 뒀어도, 우리는 진짜 위험할 수 있다고. 사고 체계가 완전히 다른 사람이라고.

그 마음을 아는지 모르는지 루펜달이 태평하게 말을 이었다.

"형님께서는 우리에게 딱 감당할 수 있을 정도의 시련만을 주신다."

"아니…… 그게 그러니까……. 지금 여기가 어디인지는 알고 하는 말이냐?"

"그게 중요하냐?"

루펜달이 손가락으로 3시 방향을 가리켰다.

"보이지?"

"……어. 보인다."

콰직-! 콰지지지직-!

강력한 전격 계열 마법이 필드 전체를 뒤덮고 있었다. 그 강력한 마법은 거의 불쌍해 보이기까지 하는 몬스터들을 학살했다.

"여, 여기 초보존이냐?"

그 몬스터들은 고블린이나 오크 같은, 비교적 저레벨 구간에 등장하는 몬스터들이었다.

"아마도?"

"근데 7번 성좌님은 왜 저래?"

한세아가 외쳤다.

"홀리 랜서!"

파티 플레이를 하고 있는 상황이 아니다. 외칠 필요가 없는데 굳이 크게 외쳤다. 한세아의 등 뒤로 수많은 창들이 생겨났고, 불쌍한 몬스터 무리가 홀리랜서의 제물이 되어 검은 잿더미가 되었다. 당연히 레벨업도 하지 않았고 경험치도 미미했다.

"홀리 라이트닝!"

번개가 내리쳤다.

"죽어!"

또다시 번개가 내리쳤다.

"죽어 이 자식들아!"

번개가 계속 내리쳤다.

"뒤져 버렷!"

3층성은 저 모습을 보며 몸을 부르르 떨었다. 몬스터들이 불쌍해 보이는 건 처음이다. 왜 저렇게 리젠은 빨리 되는 건지. 저들은 왜 도망치지 않는 건지.

'도망 안 치는 게 아니라 못 치는 거지.'

여린 몬스터들은 도망치지 못하고 온몸이 굳었다. 어쩌면 저 무자비한 잿빛 마도사가 몬스터들에게 홀딩 마법을 걸었을지도 모를 일이다. 식은땀이 흘렀다. 잿빛 마도사의 마법이 저토록 무시무시한지 처음 알았다.

3층성은 깨달을 수 있었다.

'절대악이 우리만 버리고 간 게 아니라 잿빛 마도사도 버리고 갔구나.'

여기가 어디인지는 모르겠다. 모르겠지만 일단 잿빛 마도사는 흥분해서 길길이 날뛰고 있다. '죽어!'라고 외치고 있는데 저 외침이 과연 몬스터를 향한 것인지, 자기를 버리고 가버린 친오빠를 향한 것인지는 알 수 없는 노릇이다.

'다행이다.'

그래도 다행이었다.

'동생을 버리고 갔다는 건…….'

여기가 안전한 필드라는 것 아니겠는가. 여지껏 3층성이 파악한 바에 따르면, 절대악은 동생을 꽤 아끼고 있고 꽤 잘해주는 편이었으니까. 지금의 한세아는 그걸 전혀 모르고 있는 것 같기는 했지만.

그날. 모르골 제국의 대표적인 초보 존 '루센티아 초원' 몬스터의 씨가 말랐다.

한주혁은 이주랑과 천세송을 데리고 힐스테이로 향했다. 한주혁이 미리 보내놓은 '권능의 귓말'을 통해 장로들이 복귀 중인 상태.

한주혁은 중앙 광장에 마련되어 있는 중앙 제단의 계단을 올랐다. 중간 즈음. 공터처럼 마련되어 있는 넓은 공간에 서서 장로들을 기다렸다.

시간이 흘렀다. 장로들이 집결했다. 제 1장로. 룩소가 대표해서 말했다.

"12장로. 절대자의 명령을 받들어 전원 집결하였습니다."

한주혁은 더없이 믿음직스럽다는 눈으로 12명의 장로들을 쳐다봤다.

"모르골 제국의 일 때문에 바쁜데 불러서 미안하다."

"아닙니다. 주군께서 늙고 미천한 저를 필요 없다 내치지 않으시고 불러주시니 영광일 따름입니다."

힐스테이에 처음 들어와 본 이주랑은 새삼 놀랐다.

'이들이 진짜 12장로들.'

절대악의 진짜 힘이라고 할 수 있는 이들. 그리고 절대악에게 숨겨져 있던 본진 같은 필드. 이주랑은 괜스레 기분이 좋아졌다. 절대악의 비밀 하나를 더 알게 된 것 같은 느낌. 절대악이 자신을 진정한 같은 편으로 생각해 주고 있다는 것 같은 느낌. 그 느낌이 묘하게 이주랑을 흥분시켰다.

'괜스레……. 가슴이 떨려.'

이 감정을 부정하지는 않았다. 절대악의 얼굴을 한 번 힐끗 쳐다봤다. 저만치 계단 아래. 수많은 힐스테이 주민들이, 얼굴도 제대로 보이지 않는 곳에 위치한 절대악을 위하여 무릎을 꿇고 눈물을 흘리고 있는 게 보였다. 한주혁을 다시 한번 쳐다봤다.

'뭐라고 표현해야 할지 모르겠어.'

심장이 두근거리는 느낌이었다. 그녀는 이미 인정했다. 절대악을 단순히 존경하거나 경외하는 수준이 아니라, 이제는 사랑하고 있다고. 자기도 모르는 사이에 그렇게 되었다고. 사랑이 아니라 동경이라고 말해도 좋을 정도이기는 했지만, 어쨌든 그녀는 그렇게 생각했다.

'내가 꿈꿔오던 이상형.'

머릿속으로만 그렇게 생각했다. 인정하고 나니 편했다. 어쩔 수 없다. 저 남자가 너무 잘난 탓이다. 빠져든 건 자신의 잘못이 아니다. 다만, 이 마음속 감정은 마음속에 꽁꽁 숨겨둬야 했다.

'들키지 말아야지.'

들키면 안 된다. 한주혁의 여자가 되고 싶은 마음이 없는 건 아니지만, 그렇다고 한주혁의 행복을 깨뜨릴 생각도 없다. 한주혁과 천세송은 그녀가 봐도 정말 잘 어울리는 한 쌍이다.

'마음속으로만 좋아할게요.'

이주랑은 차가운 무표정 안에, 그 진심을 숨겼다. 장로들은 이곳에 외부인인 이주랑이 들어왔지만 그것에 크게 개의치 않았다. 주군인 한주혁이 데려온 인물이다. 워프 마스터에 대해 이미 알고 있다. 모두가 자연스럽게, 이주랑의 존재를 인정했다.

한주혁이 장로들에게 명령했다.

"너희들을 중간 관리자로 설정하겠다."

제1장로. 룩소가 대표하여 한쪽 무릎을 꿇었다.

"명령을 받듭니다."

앱솔루트 네크로맨서. 천세송이 '태초의 가디언'들을 소환해 냈다. 아까와 같은 알림이 이어졌고 한주혁은 충성서약서를 활성화시켜 '중간 관리자'들을 설정했다.

제1장로. 룩소가 눈을 크게 떴다.

'몸속에……. 활력이 돈다.'

마력이 풍부해진 느낌이다.

제2장로. 살막의 수장 요르한도 눈을 잠시 감았다.

'태초의 가디언과 정신적으로 연결된다더니…….'

그의 눈동자가 깊게 가라앉았다. 지금 같아서는, 그 어떤 목표물이라도 제거할 수 있을 것 같았다. 모르골 제국의 제1급 장군이라도 상대해 볼 만하다는 판단이 설 정도였다.

그건 제3장로. 흑화당의 당주인 렉서도 마찬가지였다. 제4장로 시르티안과 제5장로 베르디를 거쳐 제12장로인 에르다까지. 모두가 한 계단 더 성장했다는 느낌을 받았다.

베르디가 몸을 바르르 떨었다.

"주군! 소녀는 한 차원 더 강력한 대마도사가 된 것 같사와요! 깨지 못했던 벽을 깨버렸사와요! 아아! 소녀! 소녀……! 황홀함을 느끼고 있사와요!"

요즘 고위 NPC들 사이에 부는 열풍. 지구의 언어를 사용하는 것이 유행이 되어버린 지금. 베르디는 적절한 어휘를 생각해 냈다.

"홍콩에 가버렸사와요!"

표현이야 어찌됐든 베르디는 실제로 한 차원 더 강력해졌다는 것을 느꼈다. '태초의 가디언'들은 그 매개체인 '중간 관리자'들을 더욱 성장시켰다.

생명수의 권좌로 전직한 천세송이 빙그레 웃었다.

'가디언들과 장로들이 연결되어 있네.'

그것이 구체적으로 보이는 것은 아니지만.

'끈끈하게 연결되어 있어.'

그 연결이 '생명수의 권좌'에게는 기분 좋은 설렘으로 다가왔다. 실제로 기분이 좋아졌다. 마치 애정을 쏟아붓는 애완동물들이, 저희들끼리 행복하게 잘 지내고 있는 것을 보고 있는 것 같은 그런 느낌이랄까.

'나중에 꽃순이나 세니아 같은 애들도 불러봐야지.'

생명수의 권좌가 된 지금. 새로운 생명을 얻은 언데드들이 어떻게 변했을지. 벌써부터 궁금했다. 아마 그들도 완전히 다른 모습으로 새로 태어나게 될 거다.

한주혁이 씨익 웃었다.

"마리안. 소환과 역소환은 자유롭게 되는 거지?"

"응. 오빠 덕분에."

12장로. 태초의 가디언. 둘의 유기적인 연결을 끝마쳤다. 생명수의 권좌 천세송은 그 어떤 군대보다 강력한 군대를 얻었다.

"현실에서도 소환 가능한 거잖아. 그렇지?"

"응."

천세송이 고개를 끄덕였다.

"오빠한테 엄청 도움이 될 수 있을 것 같아."

기뻤다. 그걸 말로 표현했다.

"그래서 기뻐."

한주혁은 천세송의 머리를 슥슥 문질렀다. 그와 동시에 한주혁이 시르티안을 쳐다보며 말했다.

"블랙 스톤의 재고는?"

생쥐형 몬스터인 라이폰과 슬라임형 몬스터인 필라덴피아. 필라덴피아는 남쪽 지방 젤르두아의 특산물인 갈렉을 먹고 자라고, 라이폰은 필라델피아를 잡아먹으며 증식했다.

시르티안이 즉각 대답했다.

"라이폰들을 데리고 마계에서 사냥 중입니다."

타락 천사 하리엘이 패권을 잡은 이후. 마계에서 흑화된 천사들. 천사들의 블랙 몹 형태가 나타나기 시작했다. 시르티안은 이 개체들은 '블랙 엔젤'이라고 명명했다. 블랙 엔젤은 그 천적이라 할 수 있는 라이폰으로 사냥해 왔다.

"라이폰을 활용하여 블랙 엔젤들을 꾸준히 사냥해 왔습니다. 주군의 성은에 힘입어, 약 800여 개의 블랙 스톤을 획득한 상태입니다. 정확한 파악을 위해서는 15분 정도의 시간이 필요합니다. 정확하게 수량을 파악할까요?"

"아니."

800여 개가 남아 있으면 됐다.

'일단 1차적으로 세송이를 무장시켰고.'

그것도 '태초의 가디언'이라는 어마어마한 군대를 종속시켰다. 이것과 드라칸 방주만으로도 현실에 나타난 몬스터들을 충분히 사냥할 수 있을 거라는 판단이 섰다.

'그럼 이번에는…….'

빠르게 계획한 바를 진행하기로 했다. 시간 끌어서 좋을 게 없으니까. 한주혁이 계단을 올랐다.

중앙 제단. 타오르고 있는 불꽃 앞에 섰다. 매일매일 블랙 스톤을 잡아먹는, 지긋지긋한 놈.

'그래도 이게 내 근본을 떠받치는 힘이라 이거지.'

절대악을 상징하는 힘. 절대악의 근본. 그 불꽃 앞에서 한주혁이 입을 열기 시작했다.

"중앙 제단. 태초의 불꽃에게 명령한다."

순간. 중앙 제단의 불꽃이 높게 치솟아 올랐다. 그 불길이 세상 전체를 물들이는 것 같았다. 힐스테이 필드 전체가 검은색으로 물들었다.

순간, '힐스테이'에 대대적인 변화가 벌어지기 시작했다.

에르페스 황궁의 가장 깊숙하고 은밀한 곳. 통칭 '그곳'에 아홉 명이 모였다.

"절대악이 저희 지하 통로에 들어왔습니다."

"이미 예상했었던 바죠."

장군급 NPC들을 통해 '지하 통로'에 대한 단서들을 넘겨줬다. 말하자면 일부러 절대악을 '황궁 지하 통로'로 유인했다.

누군가 조용히 입을 열었다.

"그런데. 왜. 어째서. 절대악이 죽지 않았습니까?"

모두가 가면을 쓰고 있고 모두 음성 변조를 한 상태지만, 그럼에도 불구하고 이곳에 모인 여덟 명은 저 사람이 누군지 알았다.

'대공.'

대공의 심기가 매우 불편해 보였다. 에르페스와 모르골을 지배하고 있는 진정한 황제 태르민. 그는 지금 기분이 매우 나빴다.

"황궁 지하 통로에 가둬놓으면 절대악의 힘을 흡수할 수 있다고 주야장천 주장했었던 분이 누구시더라."

그가 피식 웃었다. 가면에 가려져 있지만, 모두가 피식 웃었다는 것을 알아차렸다. 그리고 저게 '미소'가 아니라는 사실도 잘 안다.

꿀꺽.

다들 침을 삼켰다.

"공식적으로 모두 가면을 쓰고 있으니, 누군지 알 턱이 없군요."

그런데 누군가 한 명의 목이 땅에 툭 떨어졌다.

"그러니까 누군가 한 명은 책임을 져야지."

오싹한 침묵이 '그곳'에 감돌았다. 그 누구도 감히 항거하지 못했다. 에르페스와 모르골을 지배하는 이들이지만, 그들 역시 태르민의 지배를 받고 있을 뿐이니까.

태르민은 가면도 답답하다는 듯, 이제는 의미 없다는 듯 가면을 벗어버렸다. 태르민의 얼굴이 드러났다.

"나는 지구에서 일을 꾸미느라 바빴습니다. 황궁 지하 통로에서 무슨 일이 있었는지. 얘기해 보실 분 있나요?"

기존 한국의 정치인들과 대연합장들이 본다면, 대뜸 '누구세요?'라는 말이 나올 정도. 완전히 다른 사람이었다. 나이는 20대 중반 정도로 보였다. 황금색 머리카락과 황금색 눈동자를 가진 그는 굉장히 화사한 외모를 가지고 있었다. 하지만 그 누구도 태르민의 외모에 대해서 굳이 깊게 생각하지는 않았다.

'오늘은 저 모습이군.'

태르민에게 있어서 '외모'는 그저 껍데기에 불과할 뿐이니까. 필요할 때에는 노인의 모습으로, 또 다른 때에는 어린 아이의 모습으로, 또 어떨 때에는 청년의 형상을 하고서 모습을 드러낸다.

"……."

여덟 명, 아니, 이제는 일곱 명이 된, 가면을 쓴 사람들은 말을 아꼈다. 괜히 입을 잘못 놀렸다가 죽을 수도 있으니까.

"아무도 말을 안 하면 여기 다 죽습니다. 필요 없는 쓰레기들아."

결국 누군가 한 명이 입을 열었다.

"저희가 심혈을 기울여 설치한 트랩에 도달하기 전, 절대악은 지하 통로를 부수고 달아났습니다."

태르민이 다시 씨익 웃었다.

"달아나?"

고개를 저었다.

"그럴 리가."

절대악이 겁을 먹고 달아났다? 있을 수 없는 일이다.

"절대악은 그 통로가 황궁으로 이어지는 거의 유일한 길이라 알고 있는 상황이었습니다. 그에게는 모르골 제국과 에르페스 제국을 무너뜨려야만 하는 시나리오가 존재하죠."

그런데 절대악이 부수고 나가 버렸다.

"두 가지로 해석할 수 있겠죠."

하나는 현실 세계의 일이 너무 급해서 뒤도 안 돌아보고 일단 로그아웃하기 위해 빠져나갔다.

'둘째는…….'

두 번째는 하고 싶지 않은 가정이다.

"굳이 그 길이 아니어도. 황궁까지 찾아올 자신이 있든가."

"……."

태르민은 후자에 가깝다고 생각했다.

'절대악……!'

이를 꽉 깨물었다. 한국도 대처가 예전과는 많이 달라졌다. 서울에 몬스터가 등장했는데, 정부의 안내 아래 일사불란한 대피가 이루어졌다. 예전과는 판이한 대처였다.

한국에 절대악이 등장하고 조해성 대통령이 등장하면서, 과거라면 꿈도 꿀 수 없을 정도의 변화가 벌어졌다.

그 변화. 태르민은 달갑지 않았다.

'그 개놈 새끼가…….'

모두 절대악때문이다. 절대악만 없었더라면. 이미 자신은 지구까지 손에 넣었을 테고, 신 귀족 프로젝트를 완벽하게 이행할 수 있었을 것이다. 당연한 말이지만 인류는 노예로 전락했을 것이다.

또한 '제우스'가 존재하는 여의도도 이미 접수하고도 남았을 거다. 태르민이 말했다.

"황궁으로 향하는 모든 길을 봉쇄하고 철저하게 감시합니다. 비상사태입니다. 에르페스와 모르골이 협력한다고 공표하고 에르페스의 병력들도 모르골로 옮겨 옵니다. 알겠습니까?"

그렇게 하고서.

"조금 더 고위 레벨의 몬스터들과 기사들을 투입합니다. 서울을 점거하고, 캡슐 속에 있는 절대악의 육체를 접수할 겁니다."

그것 외에는 방법이 없었다. 그리고 확실한 방법이기도 했고. 그가 나직한 어조로 말했다.

"에덴 기사단을 파견합니다."

여덟 명의 눈이 커졌다.

'에, 에덴 기사단을?'

이곳도 아니고 '한국'에 파견하겠단다. 아무래도 대공이 마음을 제대로 먹은 것 같다. 아직 포탈이 불안정하다. 에덴 기사단 중 몇 명은 올림푸스에서 지구로 넘어가다가 죽을 수도 있다. 아까운 전력이 사라지게 되는 거다.

'너무나 아까운 전력이지만…….'

그래도 그것이 현재로서는 최선인 것 같았다. 아무도 반대하지 않았다.

태르민이 말했다.

"반대는 없는 것으로 알겠습니다. 6시간 후. 에덴 기사단이 서울을 찾을 것입니다."

한주혁이 말했다.

"중앙 제단. 태초의 불꽃에게 명령한다."

필드 전체가 검은색으로 변함과 동시에 대대적인 변화가 일어났다.

-숨겨진 필드. '힐스테이'가 모습을 드러냅니다.

-숨겨진 필드. '힐스테이'가 시스템의 승인을 받아 새로운 필드로 인정됩니다.

-숨겨진 필드. '힐스테이'와 연결을 희망하는 필드를 선택하십시오.

그 알림은 힐스테이 필드의 전체 알림이었다. 그 알림을 힐스테이의 주민들 모두가 들었다.

"와아!"

모두가 하던 일을 멈추고 두 팔을 하늘을 향해 들어 올렸다.

함성을 내질렀다.

-'힐스테이'가 세상에 모습을 드러냅니다.

힐스테이는 공식적으로 숨겨진 필드였다. 에르페스의 눈을 피해, 숨겨져 있던 히든 필드. 그런데 그 필드가 이제 시스템에 의하여 공식적인 필드로 인정받았단다. 음지에서 양지로 나아가게 됐다.

-절대자의 권한에 따라 '프루나'와 '힐스테이'가 연결됩니다.
-절대자의 권한에 따라 '아서 광산'과 '힐스테이'가 연결됩니다.
…….
-절대자의 권한에 따라 '세르니아'와 '힐스테이'가 연결됩니다.

힐스테이는 말 그대로 절대자 '아서'의 수도와도 같은 곳.
시르티안은 감격의 눈물을 흘렸다.
'절대자의 권한에 따라…….'
주군의 권한에 따라 모든 필드가 촘촘히 이어지고 있다. 워프 포탈을 이용할 수 있는 권한은 주군께서 주실 것이다. 그 생각은 곧 사실로 드러났다.

-충성 서약서에 이름을 올린 이들에 한하여 워프 포탈을 자유

로이 사용할 수 있습니다.

절대자에게 충성 서약을 맺은 이들은 워프 포탈을 사용할 수 있다. 시르티안의 몸이 바르르 떨렸다.

'모든 거점을 연결할 수 있어.'

이 얼마나 엄청나고도 획기적인 변화란 말인가. 그가 꿈꾸는 세상. 복지 지옥에 한 발자국 더 가까이 다가가는 것 같다. 앞으로 모든 영지의 중심은 바로 이곳. 힐스테이가 될 것이다.

모든 교통망과 물류. 교류의 핵심 지역이 바로 힐스테이.

'힐스테이를 통해 우리는 더욱더 부흥할 수 있다……!'

시르티안이 감격의 눈물을 흘리는 한편, 룩소도 마찬가지로 눈시울이 붉어졌다. 시르티안과는 조금 다른 이유였다.

'음지에서 양지로.'

드디어 힐스테이의 주민들이 떳떳하게 세상에 모습을 드러낼 수 있다. 불과 1년 전만 하더라도 굶어 죽어가던 이들이었다. 그 숫자도 지금보다 훨씬 적었었다.

'이것이 주군의 은총.'

1년 만에 힐스테이의 모든 주민들은 세상의 빛을 볼 수 있게 됐다. 더 이상 숨어 살지 않아도 되었다.

한주혁은 얼떨떨했다.

'내가 이걸 하려던 건 아닌데.'

온갖 똥폼을 잡으면서 중앙 제단 앞에 섰던 이유는 따로 있다. '태초의 옥새'의 힘을 빌어 새로운 권능을 손에 넣으려는 속셈이었다.

'명령서를 작성하고 블랙 스톤을 에너지원으로 삼으면…….'

그렇게 하면 생명수의 권좌와 비슷한 힘을 얻을 수 있지 않을까 했다. 다시 말하자면, 올림푸스의 힘을 현실 세계에서도 끌어다 쓸 수 있도록 '최상위 등급 명령서'를 작성하려고 했다.

'세송이도 가능했는데. 나라고 불가능할 건 없잖아?'

그렇게 생각해서 일단 중앙 제단 앞에 섰었다. '태초의 옥새'를 사용하려면 '황제의 권위'를 떨어뜨려서는 안 된다. 그래서 똥폼을 잡으며 나름 멋있게 명령을 내리려고 했던 거다.

'이건 예상치도 못했던 수확이긴 하네.'

기분이 좋아졌다. 힐스테이가 양지에 드러났다. 이 필드는 이제 공개된 필드이며, 허락받은 이들은 얼마든지 출입이 가능해질 거다. '힐스테이'가 세상에 공식적으로 모습을 드러냈다는 소리다.

저만치 아래. 눈물을 흘리는 주민들을 쳐다봤다.

'그래.'

어깨가 무거워졌다. 자신은 저들을 책임지는, 말하자면 가장 같은 거다. 이왕에 할 거면 제대로 하는 게 좋겠지.

말을 조금 지어냈다.

"태초의 언약에 따라 명령한다."

당연하게도 그 말은, 감격에 벅차 울고 있는 주민들에게 모두 전해졌다. 작지만 강한 소리로.

"악에는 악으로. 선에는 선으로. 세상을 어지럽히는 이들과의 타협은 없을 것이며. 나는 우리를 핍박하고 억누른 그들을 향해 전쟁을 선포한다. 이에 따라 나는 그들을 구속할 수 있는 새로운 설정값을 명령한다."

쉽게 말해 현실에서도 올림푸스의 힘을 끌어다 쓸 수 있도록, '최상위 등급 명령서'를 작성하겠다는 얘기다.

'설마 안 되지는 않겠지만.'

온갖 똥폼은 다 잡아놨는데 실패하면 창피하지 않겠는가.

-블랙 스톤 500개를 중앙 제단에 투입하십시오.

시르티안으로부터 건네받은 블랙 스톤 500개를 중앙 제단에 넣었다.

-'황제의 피'로 작성된 사인이 필요합니다.

-적법한 자질을 갖춘 12명의 존재 중 과반수의 동의가 필요합니다.

한주혁이 엄지손가락을 물어뜯었다. 그의 핏방울이 허공에 둥둥 떴다. 사인이 그려지는가 싶더니 불길 속으로 사라졌다.

-12명 전원. 만장일치의 동의를 획득하였습니다.

'태초의 옥새'에게 들으라는 듯 말했다.

"나는 진정한 황제의 권위에 도전하는 어리석고 얄팍한 무리에게, 진정한 정통성을 이은 황제가 어떤 것인지. 내 선조가 어떤 그림을 그리며 이날을 기다려 왔는지를 똑똑하게 알려줄 것이다."

주민들이 와아-! 하고 함성을 내질렀다. 그와 동시에 알림도 들려왔다.

-태초의 옥새가 황제의 권위를 인정합니다.

-태초의 명령서가 작성되었습니다.

한주혁의 손에 종이 한 장이 생성되었다. 한주혁은 그것을 불길 속에 집어넣었다.

신기하게도 그 종이는 검은색 불길 속에서 그 형체를 유지했다. 타고는 있는데, 없어지지는 않았다.

-태초의 명령에 따라 설정값이 변경됩니다.

-시스템에 의하여 캐릭터&인체의 동기화가 진행됩니다.

한주혁은 순간 어지러움을 느꼈다. 아주 잠깐. 세상이 핑 도는 것 같았다.

-지구의 '한주혁'과 올림푸스의 '아서' 중 하나를 대표값으로 설정할 수 있습니다.

한주혁은 당황하지 않고서, 침착하게 하나를 선택했다. 당연히 대표값은 '아서'다.

-올림푸스의 '아서'로 대표값을 설정하였습니다.
-올림푸스의 '아서'로 동기화가 진행됩니다.

한주혁에게 정보가 밀려들었다.
'아……. 이게 동기화.'
올림푸스의 NPC, 몬스터들도 실체를 가지고 현실에 모습을 드러낸다. 그렇다는 말은 올림푸스 내의 생명체도 실체를 가지고 있다는 뜻이다. 지금 한주혁의 몸. '아서'도 마찬가지다.
'자아는 그대로 유지되는데 몸이 치환된 건가.'
올림푸스 캐릭터에 빙의되었다고 하면 맞는 표현일까? 한주혁은 머리를 긁적거렸다.

'키도 좀 더 커졌고 얼굴도 잘생겨졌고 몸도 완벽하고…….
이거 사기 아닌가? 좋긴 좋은데…….'

환골탈태를 했다고 보면 될 것 같다. 캐릭터인 '아서'의 몸으로. 캡슐 속의 '한주혁'은 '시스템'에 따라 델리트되었단다.

또 다른 알림까지 들려왔다.

-최상위 등급 명령에 의하여 '제우스 존'과 '힐스테이'가 연결됩니다.

-워프 포탈을 활용하여 '제우스 존'으로 이동이 가능합니다.

제우스 존. 한국 여의도에 존재하고 있는, 돔 형태의 미스터리 필드였다.

5장

힘의 격차

-최상위 등급 명령에 의하여 '제우스 존'과 '힐스테이'가 연결됩니다.

-워프 포탈을 활용하여 '제우스 존'으로 이동이 가능합니다.

제우스 존과 힐스테이의 연결. 이것은 곧 올림푸스와 현실의 연결을 의미하기도 했다. 힐스테이를 통하면 한주혁의 영지들은 물론이거니와 현실로도 이동할 수 있다는 얘기가 된다.

-에르페스 메인 퀘스트. '보복 전쟁의 서막'의 진행 상황을 확인합니다.

한주혁은 메인 시나리오 퀘스트인 '보복 전쟁의 서막'의 내용을 떠올렸다.

<보복 전쟁-적대 관계>

-업적

1) 불칸 함락 (에르페스 제국. 굴타 왕국 소속)

2) 넬칸 함락 (에르페스 제국. 굴타 왕국 소속)

…….

92) 배후 성족의 처단

93) 타락 천사들의 왕

…….

97) 제국과의 격돌

98) 은밀한 만남

99) 드러난 전력

100) 제우스 존

'일시적 평화 상태'가 '적대 관계'로 바뀌었고 98번에서 멈추어 있던 내용이 100번까지 이어졌다.

-'제우스 존의 지배자'가 플레이어 '아서'를 초청합니다.

-플레이어는 초청을 거부할 수 있습니다.

-초청 거부 시 '보복 전쟁의 서막'의 클리어는 실패합니다.

-초청을 받아들일 시, '보복 전쟁의 서막'은 일부 클리어로 인

정되며, '보복 전쟁의 끝을 향하여'로 전환됩니다.

한주혁은 잠시 고민에 빠졌다.

'100번까지 이어지는 메인 퀘스트 클리어가 실패하면……. 배는 아플 거 같긴 한데.'

분명히 배 아프다. 이 정도 규모의 거대 퀘스트라면, 그만큼 보상도 상당할 터. 사람의 욕심은 끝이 없는 법이다. 보상은 많이 받으면 받을수록 좋다. 그게 뭐가 됐든.

'근데…… 지금 나한테 시간이 그렇게 많이 있나?'

자신은 이제 괜찮다. '동기화' 작업이 이루어지면서 지구의 육체가 사라졌다.

지구의 육체가 공격받을 일은 없다. 문제는 천세송, 한세아다. 한 명은 사랑하는 여자고, 또 한 명은 동생이다. 서울이 지금 몬스터 떼의 공격을 받고 있다면 세송이와 세아도 위험할 수 있을 터.

'물론 집이 많이 튼튼하기는 한데…….'

혹시 이럴 때를 대비해서 아예 지하 벙커를 만들어놨다. 설계자의 말에 따르면 핵폭탄이 터져도 괜찮단다. 믿거나 말거나지만. 그쪽으로 캡슐을 옮겨놓기는 했는데, 그래도 약간 불안한 건 맞다.

"마리안은 로그아웃해서 기다려. 벙커 밖으로 나가지 말고."

"응."

고민은 길지 않았다.

'어차피 현실로 나가려면 제우스 존으로 향해야 하는 거잖아?'

현실과 이어지는 유일한 창구가 바로 '힐스테이-제우스 존'의 워프 포탈이다. 제우스 존을 통해야만 현실로 나갈 수 있다.

한주혁이 말했다.

"초청을 받아들인다."

한주혁은 거대한 정원 앞에 섰다.

'여기가…… 제우스 존인가.'

잘 꾸며진 중세 유럽풍의 정원이었다. 저만치 멀리 분수대가 보였다. 양옆으로는 푸른 잔디와 이름 모를 꽃들이 자라고 있었다.

그런데 생명력이 느껴지지는 않았다.

'생화는 아냐.'

예쁘게 꾸며져 있는 것은 틀림없지만.

'모두 조화다.'

생명이 없는 꽃들. 가짜 꽃. 가짜 잔디들이다. 정원 사이로 나 있는 길은 하얀색 대리석. 한주혁이 걸음을 옮겼다.

'저 앞에…… 저건가.'

기록상으로만 남아 있는 '국회의사당'이 보였다. 돔 형태의 지붕을 가진 건축물이라고, 과거 기록에는 남아 있었는데 저 것을 실제로 보게 되니 새삼 신기했다.

'저건 언제 적 건축물이지?'

잃어버린 2,000년의 역사. 그리고 그 위에 덧씌워지고 있는 최근 200년의 역사. 그 중간 어딘가에서 만들어진 건축물이 아닐까. 아니면 그보다 훨씬 더 전에 만들어졌을지도 모를 일이다.

알림이 들려왔다.

-제우스 존에 오신 것을 환영합니다.

하얀색 대리석을 따라, 큼지막한 검은색 화살표들이 생겨났다. 이 길을 따라오라는 것 같다.

한주혁은 그 길을 따라 걸었다.

'마나의 흐름도 느껴지지 않고.'

뭐랄까. 생명이 없는 세계 같다. 죽은 세계. 그런 느낌이다.

'누군가 안에 있는 것 같지는 않은데.'

정말로, 올림푸스 세계를 관장하는 신. 제우스가 저 안에 있는 걸까. 나는 이 세계의 미스테리를 풀 수 있는 건가. 한주혁이 문득 하늘 위를 쳐다봤다. 밖에서는 안을 관찰할 수 없지만, 안에서는 밖을 관찰할 수 있었다.

'아…… 저놈들이 서울 상공에 나타난 놈들.'

군사력으로도 어느 정도 제압이 가능한 놈들이다. 기감을 퍼뜨려 살펴보니, 한국 정부의 발 빠른 대처 덕인지는 몰라도, 피해 상황은 그렇게 크지는 않은 것 같았다.

'안에서는 바깥의 상황을 느낄 수 있네.'

특별히 어떤 제약이 걸려 있지는 않았다. 한주혁이 대리석 길을 따라 계속 걸었다.

분수대를 지났다. 정확하게 표현하기는 어려웠지만 분수대의 물도 '죽은 물' 같다는 느낌을 받았다.

'이걸 뭐라고 표현해야 하지?'

물은 원래 생명이 없다.

'음……'

굳이 표현하자면, 진짜 '물'이 아니라 '디지털로 만들어낸 물' 같은 느낌이랄까.

'아.'

컴퓨터 속 세계에 들어온 것 같은 그런 느낌이었다. 숫자 0과 1로만 만들어진 세계. 표현은 이상하지만 한주혁이 느낀 바로는 그랬다.

'삭막한 세계…… 정도로 표현하면 되겠네.'

국회의사당 앞에 섰다.

-'고대 건축물-국회 의사당'에 입장합니다.

-'고대 건축물-국회 의사당'에 입장하기 위하여 몇 가지 조건이 필요합니다.

그 조건들이라는 게 생각보다 까다로웠다.

-'고대 건축물 1층. 국회 의사당'에서는 '영체화'가 진행됩니다.
-'고대 건축물 1층. 국회 의사당'에서는 자의로 움직일 수 없습니다.
-'고대 건축물 1층. 국회 의사당'에서는 마나의 사용이 불가합니다.

한주혁에게 또다시 선택권이 주어졌다.

-조건 수용 시, '고대 건축물 1층. 국회 의사당'에 진입합니다.
-조건 거부 시, '고대 건축물 1층. 국회 의사당'은 영원히 봉인됩니다.

'조건이 진짜 뭐 같네.'
강제 영체화 진행. 그 말은 곧 육체가 사라진다는 소리다. 그 어떤 물리력 행사도 불가능하다. 자의로 움직일 수조차 없으며 마나 활용도 불가능하다. 말 그대로 살아 있는 시체가 된다는 소리다.
'최악의 경우. 이게 함정이라면……?'
이게 함정이라면 끝이다.

'하지만…….'

함정이 아닐 가능성이 훨씬 높다. 애초에 태르민을 비롯한 제국의 NPC들은 '태초의 성지'조차 파악하지 못하고 있던 상황. 그런 이들이 현실의 '제우스 존'에 일을 꾸며놓았다?

'제우스가 내 적일 확률은…….'

그럴 확률은 거의 없다. 그럴 거였으면 여태까지 이런 힘을 주지도 않았을 거다. 게다가 친절하게도 '선택지'까지 주고 있다. 조건을 거부했을 때의 페널티도 딱히 없다. 그저 '국회 의사당'이 영원히 봉인될 뿐.

'1층 국회의사당.'

1층이라고 굳이 명시되어 있다는 건, 다른 층도 존재할 수 있다는 것을 넌지시 알려주는 거다.

'어떻게 하지?'

밖으로 나갈 수 있다. 안으로도 들어갈 수 있다. 이성적으로만 생각하면 이대로 메인 퀘스트를 끝내 버리고, 이 강력한 힘을 가지고 살아가는 것이 맞다. 이 힘을 가지고 있다면 현실에 나타난 태르민의 권속들도 쉽게 처리할 수 있을 것이다. 올림푸스에서도. 그리고 현실에서도. 진정한 절대자로 살아가는 것이 가능하다.

'그런데…….'

그런데 궁금했다. 세계의 미스테리. 제우스 존. 올림푸스에 신이 정말 존재하는 것일까. 제우스는 실재하는 신인가.

독촉하는 알림은 들리지 않았다. 시간을 충분히 주겠다는 것 같았다.

'결정해야 해.'

얼마 뒤. 결정을 내렸다.

필드가 변했다. 주변은 마치 도서관 같았다.

-일시적으로 영체화가 진행됩니다.

몸이 사라졌다.

'뭐. 익숙하네.'

이미 유령마법을 섭렵했던 한주혁이다. 몸이 사라지고 의식만 남았지만 이게 그렇게 이상하지는 않았다. 유령마법의 진화판이라고 생각하니 적응도 빨랐다.

천고가 굉장히 높은 도서관. 여기저기 위로 올라가는 하얀색 계단들이 보였다.

'넓네.'

이 넓은 필드 안. 저만치 멀리. 필드의 중앙이라 짐작되는 부근에 무엇인가가 있었다.

'저게 뭐냐?'

한주혁이 가까이 걸어갔다. 더 정확히 말하자면 걸어간다고 생각만 했다. 그러자 그곳에 도착했다.

"이건……."

유리관이 하나 보였다. 유리관 안에는 사람의 뇌라고 짐작되는 무엇인가가 허공에 둥둥 떠 있었다. 그것은 기다란 전선들에 연결되어 있었는데, 가까이서 보니 굉장히 복잡했다.

그런데 그 '뇌'에서 말이 튀어나왔다.

"실제로 뵙는 것은 처음이군요. 한주혁 씨."

한주혁이 찔끔 놀랐다. 말하는 뇌라니. 발성 기관도 없는데 어디선가 말이 튀어나오고 있다.

"많이 당황스러우시겠습니다만, 일단은 제가 제우스가 맞습니다."

"……."

이 뇌가 제우스라고?

"더 정확히 말하면 제우스의 권능을 행사하고 있는 주체…… 정도로 표현해 둘까요?"

목소리가 진중하지는 않았다. 오히려 꽤 가벼웠다. 경박하지는 않았지만, 경쾌함에 가까웠다. 경쾌한 청년의 목소리. 딱 그 정도였다.

제우스의 권능을 행사하고 있다고 주장하는 주체. '뇌'가 말을 이었다.

"궁금한 것이 많을 것입니다. 그 질문에 차근차근 대답하기로 하지요. 아직 시간은 많으니까요. 말로 설명하는 것보다는, 한 번에 이해시킬 수 있는 방법이 있지요."

'뇌'로부터 기다란 전선 하나가 뱀장어처럼 길게 미끄러져 나왔다. 그것이 허공 어딘가와 연결됐다. 한주혁은 그것이 자신의 몸에 연결되었다고 느꼈다. 분명 허공 어딘가인데. 이상하게 자신의 몸과 연결된 것 같았다.

"놀라지 마세요. 연결된 거니까. 어디 보자. 좋아요. 지능 MAX. 광활한 정보를 받아들이기에 충분하겠네요."

알림이 들려왔다.

-에르페스 메인 퀘스트. '보복 전쟁의 서막'이 보복 전쟁의 끝을 향하여'로 전환된 상태입니다.

-'황제의 피'를 확인합니다.

-'태초의 옥새'의 권능을 확인합니다.

-충분한 자격이 입증되었습니다.

-정보 전송이 시작됩니다.

해일이 밀려드는 느낌이 들었다. 디지털화된 수많은 정보들이 머릿속으로 직접 입력되는 기이한 체험을 했다. 마치 자신이 컴퓨터가 된 것 같은 그런 느낌이었다.

헉. 헉.

한주혁은 저도 모르게 거친 숨을 내쉬었다. 영체가 된 상태. 실제로 거친 숨을 내뱉은 것은 아니었다. 의식이 그렇게 느꼈다. 거친 숨을 내뱉고 있다고.

'이 모든 것이…….'

잃어버린 2,000년의 역사. 새로 쓰여진 200년의 역사.

'이게 진실인가?'

'뇌'는 천천히 기다려 주었다. 그동안, 그 누구도 알지 못했던 진실들이 한주혁의 머릿속에 직접 입력되었다.

"……그래서 태르민이 기를 쓰고 현실을 침범하려고 했던 건가?"

"그렇습니다. 신귀족 프로젝트. 인류 노예화. 이러한 것들은 모두 명분일 뿐이었죠."

이제는 알겠다. 태르민이 누구인지. 어떤 목적을 가지고 있었는지. 그리고 자신이 왜 절대자가 되었는지. 모든 것이 뚜렷하게 그려졌다.

그때 '뇌'가 말했다.

"조금 더 많은 시간을 할애하고 싶었습니다만……. 태르민이 자신의 기사단을 지구에 파견했네요."

"기사단이라면……."

입력된 정보에 있었다.

"에덴 기사단인가?"

태르민도 이제 발등에 불이 떨어진 모양이다. 위험 부담을 감수하면서까지 에덴 기사단을 지구로 파견한 것을 보면. '뇌'

가 말했다.

"그렇습니다. 나가보셔야 할 것 같네요. 한주혁 씨, 아니, 아서 님에 한하여, 제우스 존의 문은 언제나 열려 있습니다. 다녀오십시오."

한마디를 더 보탰다.

"힘의 격차를 증명하십시오."

서울 상공에 나타난 괴생명체, 몬스터들. 한국 정부의 발 빠른 대처는 단연 돋보였다. 미국을 비롯한 많은 나라들이 한국의 빠른 대처를 칭찬했다.

TIME지에는 이런 내용이 실렸다.

-과거의 한국. 현재의 한국. 같은 국가가 맞는지 의심스러울 정도다.

중국과 일본에서도 극찬을 쏟아냈다.

-한국의 대처는 실로 배워야 할 모범적인 대처.

전 세계가 한국에 집중했다. 불과 얼마 전. 몬스터 게이트 사건이 재조명됐다. 꽃을 다 피우지 못한 어린 생명들이 꺼져

갔었다. 그때 정부는 그 사실을 숨기기 급급했고, 제대로 된 대처도 하지 못했다. 불과 1년 정도밖에 흐르지 않았는데, 상황이 너무나 많이 달라졌다.

미국 대통령은 이렇게 평가했다.

-이것이 리더십의 차이.

무리에는 리더가 있게 마련이다. 그리고 한국에는 훌륭한 리더가 있다. 콕 짚어서 '조해성 대통령'이라고 표현하지는 않았다. 누군가를 지칭하지는 않았다. 일부러 그렇게 했다. 꼭 짚어 말을 하지 않았지만 누구나가 알았다.

캡틴이 말했다.

"여기서의 리더십이란…… 미스터 한을 뜻하는 것입니까?"

"……."

미 대통령은 말을 아꼈다. 어쨌든 한국의 대통령은 조해성이다.

"사람들이 알아서 해석하겠지."

미 대통령은 대통령으로서, 한 나라의 대통령을 무시하거나 하지는 않았다.

"조해성 대통령도 분명 훌륭한 대통령이지."

다만.

"그 위가 너무 대단해서 보이지 않을 뿐."

세상에 1인자가 있으면 2인자도 존재하게 마련이다. 2인자도 당연히 대단하다. 그렇지만 스포트라이트는 1인자가 받게 마련이다.

미 대통령이 물었다.

"절대악이 한국에 태어나지 않았다면 어땠을까?"

모른다.

"지금쯤 태르민의 손아귀에 전 세계가 넘어가지 않았을까?"

썩을 대로 썩어 있던 정부와 대연합. 그를 토대로 한국으로 넘어온 태르민. 그리고 그 수족들. 그들은 한국을 집어삼키고, 어쩌면 세계를 집어삼켰을지도 모를 일이다.

캡틴이 잠시 눈을 감았다가 떴다.

"미국도 충분히 강합니다."

태르민이 현실에 나타나서 활개를 친다 할지라도. 그의 군대가 나타난다 할지라도. 미국은 충분히 상대할 수 있습니다. 그런 뜻으로 말했지만 대통령이 고개를 저었다. 저 말이 맞긴 맞다. 미국은 강하다. 미국 혼자서 전 세계를 상대로 전쟁을 벌일 수 있을 정도다.

'그렇지만 미국보다 한 남자가 더 강하지.'

그 말은 차마 입 밖으로 내지 않았다. 군사력을 동원한다면 미국이 더 강하겠지만, '강하다'의 의미에는 단순히 군사력만이 포함되는 게 아니니까.

대통령이 화제를 돌렸다.

"그나저나 이번 사태. 대처가 발 빠르고 훌륭하기는 한데……. 앞으로 어떻게 될지 모르겠군."

그런데 그때, JTBN 방송을 통해 속보가 터져 나왔다.

-서울 상공에 새로운 몬스터가 나타났습니다.

서울 상공에 거대 비행 물체가 나타났다. 그것은 몬스터였다. 가장 먼저 '그 물체'를 포착한 것은 군사용 레이더였다.

"미확인 비행 물체입니다."

그것은 곧바로 상부로 보고가 올라갔다.

"미국에 협조 요청해서 위성 사진 달라고 해!"

현재 미국은 긴밀한 군사 공조 체제를 유지하고 있는 상황. 위성을 통해 상공을 내려다봤는데.

"위성에 사진이 잡히지 않는다고 합니다."

"뭐라고?"

레이더에는 잡혔다. 엄청나게 빠른 속도로 이동 중이다. 그런데 위성으로는 안 잡힌다. 이유는 알 수 없었다.

이 내용은 곧바로 청와대에도 전해졌다.

조해성 대통령의 이마에 주름이 더욱더 깊어졌다.

'이런.'

비행 물체가 뭔지는 모른다. 아마도 몬스터일 거라고 생각한다. 레이더 반응이 몬스터에 아주 가까웠다. 문제는, 그 몬스터의 진행 방향이 현재 공군 편대가 떠 있는 쪽이라는 거다.

"전투기보다 속도가 더 빠릅니다."

도대체 무슨 몬스터길래 최신형 전투기보다 속도가 더 빠르단 말인가.

"곧 전투기와 접촉합니다!"

전투기 조종사들도 무엇인가 빠르게 접근하는 것을 확인했다. 미식별 비행 물체다.

"미사일 발사합니다."

선보고 후조치.

전투기 조종사들도 자신들의 목숨이 귀했다. '황금 눈 독수리' 때문에 벌써 전투기 두 대가 추락한 상황. 살아야 했다.

'발사한다!'

조준. 그리고 발사. 공대공 미사일이 불을 뿜었다. 공군 소령. 김찬성의 몸이 바르르 떨렸다. 제발. 맞춰라. 나는 아직 죽고 싶지 않다. 기도했다. 미사일이 잘 먹히기를.

'사, 사라졌다?'

갑자기 미식별 비행 물체가 사라졌다.

'미사일은…….'

거리가 너무 멀어 육안으로는 확인할 수 없었는데, 레이더상 미사일도 사라져 버렸다. 어디론가 흡수되어 버린 것만 같았다.

무전을 통해 연락이 닿았다.

-미식별 비행 물체. 빠르게 접근합니다.

공군 편대. 4대의 전투기는 부채꼴 모양으로 회피 기동을 펼쳤다. 김찬성 소령의 전투기의 기체가 180도 회전했다. 머리 아래가 땅. 그리고 발이 하늘을 향했다.

그사이 그는 볼 수 있었다.

'저건…….'

엄청나게 빠르게 지나갔다. 제대로 확인할 수 없었다.

'분명……!'

어디선가 봤다.

-미식별 비행 물체. 시야에서 사라졌습니다.

-엄청나게 빠른 속도로 비행 중입니다.

다행히 모두 무사한 것 같았다. 미확인 비행 물체는 전투기들을 전혀 공격하지 않고 스쳐 날아갔다. 김찬성 소령의 몸이 바르르 떨렸다.

'검은색…….'

그것은 검은색 새 형태의 거대한 비행 물체였다.

'분명…….'

믿을 수 없었다.

'꼬꼬의 모습이었다.'

너무 짧은 시간이라 제대로 못 봤지만 분명히 꼬꼬였다. 절대악의 상징과도 같은 검은 독수리. 과거. 불꽃에 휩싸인 새로서 '피닉스'란 별명이 붙었지만 현재는 그 불꽃이 모두 사라져 버린, 절대악의 펫.

즉각 보고를 올렸다.

-육안으로 확인한 비행 물체의 모습이 꼬꼬와 매우 흡사합니다.

본부에서는 그 사실을 믿기 어려웠다.

"꼬꼬라니. 말이 됩니까? 어떻게 꼬꼬가 현실에 모습을 드러냅니까?"

"몬스터들도 모습을 드러냈는데. 꼬꼬가 왜 모습을 못 드러내요?"

"이거 청와대에 보고합니까?"

당연히 보고해야 하는 일이지만, 괜히 잘못된 보고를 올렸다가 깨질 것이 두려워 바로 보고 올리지 못했다. 대장 중 한 명이 말했다.

"말이나 되는 소리를 해야지."

말도 안 되는 소리다. 대놓고 비웃었다.

"왜? 절대악이 현실 세계에 그 힘 갖고 튀어나왔다고 하지?"

그때 JTBN 방송을 통해 한 가지 사실이 발표되었다.

-앱솔루트 네크로맨서가 꼬꼬를 소환하였습니다.

꼬꼬는 새로운 기분을 느꼈다.

키엑!

나는 다시 태어났다!

사실 이프리트나 발록 같은 놈들을 볼 때면 불쌍하다고 생각했다. 뭐랄까. 생명체 같지 않다고나 할까. 지능이 딸려 정확하게 표현할 수는 없었지만, 마치 영혼 없는 껍데기 같다고 느꼈다. 그냥 형식적으로 대답하고 정해진 대로 행동하는 놈들.

꼬꼬에게 있어서 '언데드'들은 그랬다. 먹을 수도 없는 이상한 것들 말이다.

그런데 지금은 아니었다.

키에에엑!

내가 바로! 펫 1호!

이제 앱솔루트 네크로맨서 천세송이 아니라 '생명수의 권좌' 천세송이다. 꼬꼬는 한주혁의 펫이자, 천세송의 권속으로 다시 태어났다. 그에 따라 이제는 올림푸스뿐만 아니라 지구에서도 모습을 드러낼 수 있게 되었다.

새로 태어난 이 기분. 몸속에 넘쳐흐르는 이 활력. 새 생명을 얻은 이 기쁨. 그것을 만끽하고 있는데 불쾌한 느낌이 느껴졌다.

키에엑!

기분이 나쁘다.

어디선가. 저 멀리. 자기보다 약한 놈들이 으스대며 다니는 게 느껴졌다. 하늘은 자신의 것인데. 하늘의 제왕. 카리아를 뭘로 보고.

그래서 꼬꼬는 빠르게 날았다. 중간에 이상한 것이 있었지만 공격하지는 않았다. '생명수의 권좌'인 천세송이 인간은 건드리지 말라고 했다. 정신적으로 어느 정도 연결이 되어 있는 상태.

키엑!

꼬꼬는 입을 벌렸다.

일자로 생긴 뭔가가 불꽃을 뿜으며 날아오길래.

꿀꺽!

삼켜 버렸다.

쿠구구궁!

배 안에서 무엇인가가 강하게 폭발하는 것 같았다. 먹으면 안 될 것을 먹은 것 같았다. 배 안이 뜨뜻해지는 기분이 들었다.

속이 조금 더부룩했다. 맛도 없고 소화도 안 된다. 태어나서 먹어본 것 중에 제일 별로인 음식이었다.

꺼억!

날아가면서 트림을 했다. 그제야 조금 괜찮아졌다. 꼬꼬는 자기가 먹어치운 것이 인간들이 말하는 '미사일'이라는 걸 몰랐다. 그냥 맛없는 쇳덩이일 뿐이었다.

그 어떤 방송 장비도 꼬꼬의 모습을 제대로 찍지 못했다. 현대의 영상 장치는 꼬꼬의 모습을 못 담았다. 그렇지만 '눈'으로는 똑똑히 볼 수 있었다.

키에에에엑!

검은 독수리가 날개를 펼치고 하늘을 호령하자 수많은 몬스터들이 땅에 착지했다.

그 모습을 운 좋게도, BJ 핵초리가 찍었다. 핸드폰으로 촬영해서 영상의 화질이 좋지는 않았지만 그래도 화면 자체를 담아내는 것은 가능했다. 그 화면은 현실에 도래한 제왕 카리아의 비현실적인 장면을 담아냈다.

-헐……. 저거 뭐야?

BJ 핵초리의 개인 채널에 전 세계인들이 동시에 입장했다. 핵초리는 10만 명을 돌파한 생방송 시청자 수를 확인할 겨를이 없었다. 아파트의 대피 공간에 숨어 있던 그가 당황해하며 입을 열었다.

-하, 하늘의 몬스터들이 전부 땅에 내려앉고 있습니다!

하늘에 떠 있는 생명체라고는 오로지 검은 독수리 한 마리뿐이었다.

키에에에엑!

날카로운 울음소리가 핵초리의 귀를 관통했다.

-저, 저 괴성은…….

믿을 수 없지만.

-저, 절대악의 페, 펫인 꼬, 꼬꼬입니다!

꼬꼬가 현실에 모습을 드러냈다. 꼬꼬가 나타나자 비행형 몬스터들이 전부 땅에 착지했다. 참으로 공손한 태도.

-꼬꼬가 나타나서 몬스터들을 전부 제압했습니다. 저, 저기 보시면 황금 눈 독수리도 있어요!

전투기 두 대를 추락시킨 매우 흉폭하고 위험한 몬스터. 황금 눈 독수리까지. 공손하게 땅에 머리를 박고 있었다. 채팅창에서는 난리가 났다.

-지금 이거 뭐임?

-꼬꼬가 왜 현실에?

-몬스터가 나타났는데, 꼬꼬라고 못 나타날 건 없지.

-헐. 근데 대박.

꼬꼬의 등장으로 그간 서울을 괴롭히고 괴롭혔던 비행형 몬스터들은 전부 숨을 죽였다. 서울 전체를 자신의 영역으로 삼고 있는 듯했다. 몬스터들뿐만 아니라 그 어떤 새도, 날지 않았다. 날짐승들에게는, 자신이 날갯짓을 하는 것이 제왕에게 반역을 하는 것이라고 인식하는 듯했다.

그리고 꼬꼬 아래. 한 사람이 모습을 드러냈다. 미스 에르페스. 에르페스에서도 가장 아름다운 여자. 그 어떤 연예인들보다도 빛이 난다는 전 세계의 안주인. 천세송이 황금 눈 독수리 앞에 섰다.

-한 명 나타났는데 상황 정리네.

-현실에서도 능력을 쓸 수 있는 듯?

-상황 끝 아님?

-절대악도 아니고. 앱네 선에서 상황이 정리되는데……?

-약간 허무하긴 한 거 같다. 군대가 발광해도 힘들었는데. 여자 한 명 나오니까 디엔드 되는 게.

그 장면은 어느새 카메라를 들고 달려온 카메라맨들과 핵초리가 생생하게 담아냈다. 물론, 거리가 너무 멀어 육성이 담기지는 않았다. 멀리서 보기에는 위엄 넘치는 절대자가 어떠한 명령을 내리는 것 같아 보였다.

"나쁜 짓하면 못 써."

천세송은 황금 눈 독수리를 혼냈다. 꼬꼬에게 말했다.

"모든 몬스터들을 이리로 끌어모아."

그 말에 꼬꼬가 키에에엑! 하고 울었다. 땅에 내려앉은 서울 각지의 몬스터들이 날지 않고, 조심조심 뒤뚱뒤뚱 걷기 시작했다.

이제 이들은 새로운 생명을 얻게 될 거다. 앱솔루트 네크로맨서가 아니라, 생명수의 권좌. 그 권속으로 다시 태어나서 지구를 지키는 군대가 될 거다.

그런데 그때, 서울역에서 원인을 알 수 없는 강력한 전자기파가 터져 나왔다. 모든 방송 장비가 전자기파에 의해 망가졌다. 중계도 끊어졌다. 마치 전쟁용 EMP탄이 터진 것 같았다. 서울에 또 하나의 격변이 시작되었다.

여의도. 제우스 존을 막 빠져나온 한주혁은 그걸 느꼈다.

'저쪽으로 간다.'

6장

절대자, 모습을 드러내다

서울역 광장.

노숙자 김상석은 '에이 씨팔. 더러운 세상'을 중얼거렸다. 대낮에 젊은 연놈들이 팔짱을 끼고 걸어가다가 뽀뽀를 하는 꼴을 보아하니 기분이 나빴다.

'저것들을 그냥 콱.'

뒤통수라도 후려갈기고 싶었지만 참았다. 그러기엔 남자의 덩치가 너무 컸다.

재수가 없으려니. 하늘은 또 뭐 이렇게 파란지. 대형 전광판을 보니, 앱솔루트 네크로맨서인지 뭔지 하는 여자가 서울 상공의 모든 비행 몬스터들을 제압했단다.

"그러거나 말거나."

상관없지 않은가.

어차피 몬스터들이 처음 서울 상공을 점령했을 때에도 그는 크게 동요하지 않았다. 그냥 이러고 있다가 죽으면 죽는 거고, 살면 사는 거고. 사실 이 세상에 크게 미련은 없었다.

낮잠을 청했다. 햇볕은 제법 따뜻했고 잠이 솔솔 왔다. 상자 펼친 것을 침대 삼고, 하늘을 벗 삼아 잠을 자려고 했는데 뭔가 이상한 것이 보였다.

"음?"

삐이이이이-!

이명이 들려왔다.

귀가 아파 막아봤지만 소용은 없었다.

"저게 뭐야?"

서울역 계단 위에서 검은색 기운이 스멀스멀 새어 나오고 있었다. 검은색 안개 같았다. 저만치 보니, 아까 뒤통수를 후려갈기려다 참았던 커플이 계단에서 넘어지는 것이 보였다.

'꼬시다.'

그런데 그냥 넘어진 게 아닌 모양이었다.

털썩. 털썩.

한 명, 한 명. 계단 근처의 사람들이 넘어지기 시작했다.

"뭐여? 저게?"

그냥 넘어지는 것이 아니라, 몸이 조금씩 사라지고 있었다. 바람결에 흩어지듯. 먼지가 사라지듯. 아주 작은 가루가 되어 사라져 버렸다.

"씨, 씨팔!"

벌떡 몸을 일으켰다. 무슨 일이 일어난 건지는 모르겠다. 사람들이 갑자기 사라지고 있다.

"뭐, 뭐냐고!"

어느새. 서울역은 검은색 안개에 뒤덮여 보이지 않게 되었다. 완전한 어둠. 김상석은 그렇게 느꼈다. 빛을 모조리 빨아들이는 것 같았다.

김상석은 본능적으로 느꼈다.

'도, 도망쳐야 돼.'

서울 상공에 몬스터들이 나타났을 때에도 낮잠을 청하던 김상석이다. 그런데 지금은 아니었다. 도망쳐야 한다는 본능이 강력하게 작용했다.

-정지.

머릿속에 이상한 목소리가 들려왔다.

'도망쳐야 해.'

몸이 움직이지 않았다.

'뭐야! 왜 몸이 안 움직여!'

몸에 힘을 최대한 줬다. 어떻게든. 조금이라도 움직여 보려고 애썼다.

'도망을……!'

아주 간신히, 눈동자만 뒤로 힐끗 쳐다봤다. 서울역을 뒤덮은 어둠 가운데. 안개 가운데 무엇인가가 모습을 드러냈다.

'사람?'

은색 갑옷을 입은 사람들이 안개 속에서 튀어나왔다. 저벅. 저벅. 걷고 있는 모양새가 여유가 넘쳤다.

"이, 이봐요! 나 좀 도와줘요!"

나 좀 도와…… 응?

김상석은 조금 졸리다고 느꼈다. 갑자기 몸이 움직이기 시작했다. 언뜻 아래를 바라보니 아주 희미한 검은색 안개가 자신의 발끝에 닿아 있었다.

'졸린데?'

발끝부터 조금씩 사라졌다.

'뭐지?'

음. 졸리다. 잘까.

김상석은 그렇게 세상에서 지워졌다.

서울역에서 일어난 현상은 재앙이었다. 청와대의 조해성 대통령은 한동안 말을 잇지 못했다.

"빛을 모조리 빨아들이는 성질을 가진 안개입니다. 블랙홀 같다고나 할까요."

그것이 퍼져 나가면서, 그것에 닿는 모든 생명체들을 지워 버리고 있다. 서울역 근처를 뒤덮었다. 다행히 퍼지는 속도가 빠르지는 않았지만.

"서울역 근처의 모든 사람들이…… 사망, 아니…… 사라졌습니다."

사망이라고 해야 할지. 사라졌다고 해야 할지. 그 경계가 조금 애매하기는 했지만 어쨌든 죽음과 다르지 않다고 생각했다.

조해성이 입술을 깨물었다.

"그 안에서 사람들이 튀어나왔다고요?"

"예. 은색 갑옷을 입은 기사들입니다."

그들은 스스로를 일컬어 '에덴 기사단'이라고 말했단다. 본보기로 서울의 모든 인간을 죽이고 지구를 상대로 항복을 받아낼 것이라고 했다.

"어쩌면…… 2급 장군 세이비안만큼 위험한 놈들일지도 모릅니다."

바다를 얼려 버렸던 세이비안. 그리고 검은 안개 속에서 모습을 드러낸 기사들. 도대체 어떻게 해야 한단 말인가.

"대피가 의미가 없습니다."

대피소든 뭐든, 그 검은색 연기는 강력한 생화학 무기처럼 사람들을 죽이는 중이다. 조해성은 기억을 떠올렸다.

"일전에 저 비슷한 안개가 절대악의 부작용이라고 주장했던 사람들이 있지 않았던가?"

3충성조차도 이러한 의견을 낸 적이 있을 정도다.

-죽음의 안개가 어떤 식으로든 절대악과 관련이 있을 것 같다는 충분히 합리적인 의심을 할 수 있음.

-절대악의 속성과 상당히 유사한 부분이 있음. 게다가 절대악의 영지에서 가장 먼저 시작했다는 접점도 있고. 절대악이 적극적으로 나서서 죽음의 안개에 접근하지 못하게 만들고 있음. 절대악이 죽음의 안개에 대하여 이미 알고 있다는 뜻임.

수많은 언론들이 이러한 내용을 다뤘었다.

"당시 현델의 주니어가 계속해서 주장했었지. 절대악이 악의 화신이라고."

그런데 그때는 '올림푸스'에 국한된 얘기였었다. 지금은 현실이다. 그때에는 절대악이 있어서 잘 돌파할 수 있었지만, 이곳에는 절대악이 없지 않은가.

"이것을…… 데스포그라고 했던가?"

한번 기억을 떠올리자 그와 관련된 기억들이 물밀듯 밀려들었다. 과거, 절대악은 자신의 결백을 주장하기 위해 증거 영상을 뿌렸던 적이 있다.

죽음의 안개. 즉, '데스포그'가 어떻게 만들어지는지 생생하게 알려줬었다.

"여기. 그 영상이 있습니다."

영상을 재생했다.

-성분 분석 결과 절대 다수의 성력이 감지되었습니다.

-성력이라 함은 성좌들이 가지는 힘의 원천입니다.

-성분 분석 결과 현재 감지되는 성력은 성좌에 의하여 인위적으로 만들어진 성력입니다.

레파투라의 뿔과 베리트 시드라는 씨앗 종류의 아이템, 일정량의 몬스터 스톤, 구울리아의 부리 등 이름만으로는 굉장히 생소한 아이템들을 합성한 것이 바로 죽음의 안개.

약 3분간 영상이 더 진행되었다.

"현실에서 이것을 없애는 방법은 없나?"

"아직 밝혀진 바가 없습니다."

그것도 그렇다. 현실에서 이런 연구가 진행할 이유는 없으니까. 원료를 아는 것만으로는 이것을 없앨 수는 없으니까.

"천세송 씨에게는 연락됐나?"

"아직 연락이 닿지 않았습니다. 강력한 전자기파 때문에 전파 송수신이 원활하지 못합니다."

그나마 지금은 전자기장의 영향이 조금 약해졌다. 조금만 있으면 전파가 통할 것 같다.

그 사이. 출격한 전투기 편대. 4대가 추락했다.

서울역 일대는 그야말로 아비규환.

-정지.

음성이 머릿속에 파고드는 그 순간. 사람들은 도망치지 못했다. 제자리에서 비명을 지르며 눈물을 흘렸다.

"사, 살려줘!"

"살려줘! 제발!"

한 명. 한 명. 제자리에 선 상태로 목이 날아갔다. 은색 갑옷을 입고 있는 기사. 바로 앞에 선 기사 한 명이 채찍을 휘두를 때마다 수십 명의 목이 사라졌다. 사람들은 제자리에 선 상태로, 죽음의 사신이 다가오는 그것을 자신의 두 눈으로 지켜봐야만 했다.

많은 사람이 동시에 생각했다.

'종말이다.'

이것은 '세계의 종말'이 될 것이다. 그 강력하다는 전투기가 저 채찍에 반 토막 나서 추락하는 것도 두 눈으로 직접 봤다. 전투기도 소용없다. 무슨 무기가 소용 있으랴.

"다 끝났어……."

자신의 손을 잡은, 아직은 두려움을 모를 것이 분명한 3살짜리 어린 아들도 울고 있었다. 오줌을 쌌다.

"다 끝이야."

정말 끝이라고 생각했다.

미국은 물론이거니와 세계의 수많은 정상들은 서울에서 벌어진 대참사에 말을 잇지 못했다.

한참의 시간이 흐른 뒤에야, 미국 대통령은 한숨을 내쉬었다.

"세계의 종말이 다가오는 건가."

스스로를 '에덴 기사단'이라고 부르는 이들. 저런 놈들을 도대체 어떻게 잡는단 말인가. 절대악의 '드라칸 방주'로 몇 놈은 없앴다 치더라도.

"죽음의 안개는…… 계속해서 퍼져 나갈 테지."

죽음의 안개를 없앨 수 있는 방법도 없다. 에덴 기사단도 문제고 죽음의 안개도 문제다. 어벤져스 연합의 캡틴의 얼굴도 어두워졌다.

"올림푸스 속이라면 어떻게든 될 텐데 말입니다."

"지구에서 저것을 해독할 수 있는 방법은 없지 않나?"

앱솔루트 네크로맨서가 서울 상공의 비행 몬스터들을 일시에 제압했을 때만 해도, 이런 일은 예상하지 못했다. 이번 일은 너무 컸다. 이건 대처할 수도 없다. 대피도 불가능하다. 무조건 서울을 빠져나가야만 살 수 있다.

"어림잡아 사망자가 30만은 넘을 것입니다. 실시간으로 그 숫자는 기하급수적으로 증가하겠죠."

어쩌면 서울 전체 인구가 증발할 수도 있다. 에덴 기사단에 의해서. 세계 각국의 주요 방송사에 한 장면이 방영되었다.

-너희들은 기회를 저버렸다.

20대 중반. 황금색 머리카락과 황금색 눈동자를 가진 남자가 모습을 드러냈다.

-에르페스와 모르골의 진정한 지배자. 나 태르민은 너희를

본보기 삼을 것이다. 한국은 죽음의 땅이 될 것이며, 그 누구도 살아남지 못할 것이다.

단 한 명도 살려두지 않겠다고 했다.

-한국은 나의 본보기다. 선택권을 주겠다. 머리를 조아리고 순순히 노예가 될 것인지. 그도 아니면 한국처럼 비참한 결말을 맞이할 것인지.

화면이 바뀌었다. 한국의 상황이 적나라하게 방영되었다. 도망치지 못하는 사람들. 목이 잘려 나가는 사람들. 죽음의 안개에 의해 잡아먹히는 사람들. 서울역을 기점으로 하여, 원을 그리며 죽음의 안개는 점점 더 확대되고 있는 상황.

인터넷에서는 핵미사일을 쏴야 한다고 주장하는 사람들도 많아졌다.

-차라리 한국에 핵을 쏴버리자.

-한국인들은 어차피 죽는다. 핵으로 놈들을 죽여 버리는 것도 좋은 방법이다.

미국 대통령은 머리를 쥐어뜯었다.

'공포는…… 통제와 통치를 위한 좋은 수단이지.'

태르민은 그것을 아주 잘 사용했다. 많은 이들이 동요했다. 지금 당장에라도 핵 발사 버튼을 누르라고 외칠 정도였으니까.

"에덴 기사단은 어디 쪽으로 움직이고 있지?"

"절대악의 자택 방향입니다. 캡슐 안의 절대악을 죽이려는 것 같습니다."

한국을 제물로 선택한 것도, 아마 절대악 때문이겠지. 가장 성가셨고, 제일 귀찮은 적이었으니까.

"경호 인력들은 귀국시킬까요? 현재 개인 화기 정도로는 놈들을 상대할 수 없습니다. 죽음의 안개도 너무 위험하고요."

절대악도 이번만큼은 위기를 타개할 방법이 보이지 않았다. 저 정도의 엄청난 놈들이 튀어나올 거라고는 생각하지 못했다.

'드라칸 방주도 사용하지 않고 있어.'

그렇다는 말은.

'드라칸 방주 쿨타임이 있다는 뜻이겠지.'

지금쯤 절대악에게도 소식이 전해졌을 거다. 그런데 드라칸 방주를 사용하지 않고 있다. 사용하지 못할 어떤 이유가 있을 것이다. 미국 대통령은 그렇게 판단했다.

그런데 화면에 한 남자가 모습을 드러냈다. 그 모습은 세계인들에게 제법 익숙한 모습이었다. 그가 에덴 기사단 앞에 섰다.

"힘의 격차를 증명하라는 말. 혹시 들어봤냐?"

지구의 한주혁이 아닌, 올림푸스 속 절대악의 모습이었다.

에덴 기사단원 12명이 그 자리에 멈춰 섰다. 에덴 기사단의 부기사단장. 케이룬이 한쪽을 쳐다봤다.

'음?'

케이룬은 한 남자를 발견할 수 있었다.

"너는……."

저 남자의 얼굴. 낯이 익다.

"절대악?"

저도 모르게 웃음이 터져 나왔다.

"그래. 절대악이로구나. 네놈이."

쿡쿡쿡. 계속해서 웃었다.

한주혁은 자신의 볼을 매만지면서 물었다.

"혹시 내 얼굴에 뭐 묻었냐? 왜 자꾸 웃어?"

"네놈이 얼마나 대단하길래 우리 에덴 기사단이 이런 비루한 곳까지 와야 했는지 궁금했다."

한주혁의 얼굴이 올림푸스의 얼굴과 똑같다는 사실을, 에덴 기사단의 부기사단장. 케이룬도 알 수 있었다.

"그 얼굴은 올림푸스의 얼굴과 똑같구나."

"응. 코스프레했어."

물론 아니다. 코스프레한 게 아니라 아서와 한주혁의 동기화 작업을 거쳤다.

"그래. 그렇겠지."

"그런데 넌 누구냐?"

"내가 누구인지 중요한가?"

"적어도 내가 누굴 죽였는지는 알면 좋잖아. 알려주기 싫으면 말고."

한주혁이 어깨를 으쓱했다. 마치 '너 따위가 누구든지, 나는 별로 상관없어'라는 듯한 태도였다.
케이룬이 피식 웃었다.
"배포가 넘치는구나. 좋다. 그 배포를 봐서 내 이름을 알려주겠다. 내 이름은 부기사단장. 케이룬."
"부기사단장?"
한주혁이 인상을 찡그렸다.
"기사단장은?"
"이제는 내가 기사단장이지."
한주혁은 저 말이 무슨 뜻인지 이해할 수 있었다.
"아. 그러니까. 현실로 억지로 넘어오려다가 실패해서 기사단장은 죽었나 보네?"
저런 놈들이 넘어오려면 진작 넘어왔을 거다. 그러나 이제야, 그것도 열두 명가량 되는 소수만 넘어왔다. 완전히 넘어올 수 없는 제약이 걸려 있는 거다.
"그러게. 왜 무리해서 넘어오고 그래. 그냥 거기서 잘 먹고 잘살지."
이 상황은 전 세계에 전파를 탔다. 기자도 없고 카메라도 없지만, 태르민이 그렇게 만들었다. 전 세계의 시청자들이 한국에 집중했다. 많은 이들이 한국에 핵을 쏴야 한다고 주장하고 있고, 또 많은 이들이 전 세계의 종말론을 주장하고 있을 정도.
케이룬이 인상을 찡그렸다.
"너. 뭔가 대단히 착각하고 있는 것 같은데."

"뭘?"

"올림푸스의 절대악이 곧 지구의 절대악이라고 생각하는 건가?"

피식 웃었다.

"같잖구나. 이곳과 그곳의 힘이 같다고 생각하나?"

한주혁은 케이룬의 검을 쳐다봤다.

"그거. 사람 잡아먹는 무기네."

저놈들은 저런 무기들을 어디서 저렇게 만들어내는지 모르겠다. 초월급 마법병기 카닉서스부터 시작해서 저런 피비린내 나는 물건들을 어떻게 만드는 건지.

"성검 세니아. 나의 애검이지."

에덴 기사단의 부기사단장. 케이룬이 검을 한주혁을 향해 겨누었다.

"지구의 인간들은 지금의 이 상황을 모두 보고 있을 것이다. 덕분에 네놈의 목숨이 조금 더 연장된 셈이지."

"시청률 올리게?"

저들이 서울에서 이렇게 난동을 부리고 있는 건 하나였다. 세계인들에게 공포심을 불어넣어 자발적으로 복종하게 만드는 것.

한주혁이 씨익 웃었다.

"우리 뜻이 통할 때도 있었네? 나도 그래서 너 살려줬는데."

"곧 죽을 놈이 잘도 지껄이는구나."

케이룬이 한 발자국 앞으로 나섰다. 그의 눈에 살기가 가득했다. 그때 에덴 기사단의 단원. '듀란'이 앞으로 나섰다.

"부단…… 아니, 단장님. 제가 나서겠습니다."

듀란은 연검을 다루는 기사다. 검이 10미터까지 늘어나며, 채찍처럼 자유자재로 움직인다. 10미터짜리, 강력한 절삭력을 가진 검을 다루는 검술을 익혔다.

그가 다시 말했다.

"저런 허접쓰레기를 상대하는데 저 정도면 충분합니다. 막내가 먼저 나서겠습니다."

그때 한주혁이 말했다.

"잠깐만."

분명히 '성검 세니아'라고 말했다. 한주혁은 그 '성검 세니아'에 대해 이미 알고 있고.

"나 한마디만 해도 되냐?"

연검의 기사. 듀란이 고개를 끄덕였다.

"마지막 유언이라 생각해 두지."

"성검 세니아. 나도 그거 써봐서 아는데."

한주혁의 미소가 더욱 짙어졌다.

"그런 더러운 냄새나는 물건이 아냐."

한주혁의 등 뒤에서 검은색 기운이 폭사되었다. 그 기운은 하늘 높이 솟구쳤다가 이내 사방으로 펼쳐졌다. 유성우가 떨어지듯 검은색 기운이 떨어져 내렸다. 그 유성우가 닿는 곳마다, 죽음의 안개가 사라져 갔다.

"내가 예전에 이 죽음의 안개를 경험해 본 적이 있거든."

일이 터지자마자 바로 달려오지 못한 이유가 바로 '죽음의 안개' 때문이었다. 이 '죽음의 안개'를 제대로 처리하지 못하면 에덴 기사단원들을 처리하더라도, 수많은 인명 피해가 있을 거니까. 최소한의 시간으로, 최대한의 효율을 뽑아내야 했다. 많은 이들의 생명이 달려 있는 문제니까.

"진짜 성검 세니아에는 '어둠을 베다'라는 스킬이 있어."

그 스킬의 변형판이 지금 등 뒤에서 뿜어낸 검은색 기운이다.

"이게 그 진화판이고."

절대자. 한주혁의 기운이 죽음의 안개를 먹어치웠다. 검은 안개에 가려졌던 서울역이 모습을 드러냈다.

한편, 꼬꼬를 비롯한 비행 몬스터들은 여기저기 바쁘게 날아다니기 시작했다.

키에에엑!

날아라! 날아! 노예들아! 날아라!

비행 몬스터들은 꼬꼬의 명령을 감히 거부하지 못했다. 비행 몬스터들의 부리에는 무엇인가 알약 같은 것이 물려 있었다.

"꺄, 꺄아아아악!"

여자아이 하나가 비명을 질렀다. 자기 눈앞에 나타난 '황금 눈 독수리' 때문에 놀랐다. 그때, 꼬꼬가 득달같이 날아와 황금 눈 독수리의 뒤통수를 날개로 후려쳤다.

퍽!
소리와 함께 황금 눈 독수리가 철푸덕 넘어졌다.
꼬꼬는 마치 안심하라는 듯, 제 딴에는 아주 착한 표정을 지으며 알약 하나를 여자애 앞에 슬쩍 놓았다.
"으아아아앙!"
여자아이는 울음을 터뜨리며 도망갔다. 꼬꼬는 자존심에 상처를 입었다. 아이는 도망갔지만 그 옆에 있던 그 아이의 오빠는 제법 침착했다.
"꼬꼬……."
뭐라고 불러야 할지 모르겠다.
"……님?"
꼬꼬가 나타났다. 꼬꼬가 알약을 건넸다. 마치 이것을 먹으라고 하는 것 같았다. 꼬꼬가 최대한 착한 표정을 지으며 고개를 끄덕였다. 하늘로 날아올랐다. 비행 몬스터들이 부리로 물고 서울역 광장 근처를 열심히 뿌려댄 것은, 다름 아닌 '생명의 알약'이었다.
과거. 한주혁이 얻었던 아이템인 '생명의 숨결 상자'에서 생성된 아이템.

<생명의 숨결 상자>

생명의 숨결이 담긴 상자입니다. 생명의 숨결이 기본 20알이 제공됩니다. 생명의 숨결은 축복의 여신 가이아의 숨결로 이루어진 알약입니다. 생명의 숨결은 죽음의 안개에 강력한 내성을 가지고 있습니다.

효과: '죽음의 안개'에 저항.

저항 시간: 1알/30분

현재 보유량: 20/20

재생성 시간: 1알/24시간

한주혁은 에덴 기사단을 찾아오기 전, 올림푸스에 접속하여 베르디에게 물었다. 이 알약을 복사하거나 대량으로 제조할 수 있냐고 말이다. 그랬더니 베르디가 이렇게 말했다.

-베르디는 주군의 충실한 여종. 주군께 어떻게 하면 도움이 될 수 있을까 연구에 연구에 연구를 거듭하고 있답니다.

이 '생명의 숨결 상자'는 한주혁만 얻었던 게 아니었다. 당시 함께 있었던 팬더와 루나(한세아)도 함께 이 아이템을 얻었다.

-팬더를 통해 이 아이템을 손에 넣은 베르디는 열심히 연구하여 비슷한 효과를 내는 알약을 만들어낼 수 있었답니다.

베르디는 한껏 부풀었다. 주군께 칭찬받을 수 있다는 생각에 기분이 좋아져 몸을 배배 꼬았다.

-완전히 같지는 않지만, 어느 정도 '죽음의 안개'에 노출된 이들을 지켜주고 해독시켜 주는 힘이 있사와요. 베르디. 베르디가 잘했다면 머리를 한번 쓰다듬어 주시면 좋겠어요. 헤헤.

어쨌든 베르디는 이 '생명의 알약'과 거의 비슷한 효과를 내는 '알약'을 이미 오래전에 복사를 해놓은 상태고, 아이템 수급에는 지장이 없었다.

수많은 사람들이 이 알약을 삼켰다.

"어……?"

죽음의 안개에 직접 노출된 이들은 그 자리에서 사라졌다. 그건 이미 돌이킬 수 없는 재앙이었다. 비교적 멀리 떨어져 있었던 이들이라 해도 안전을 보장할 수 없다. 몸에 힘이 조금씩 빠지고, 점점 죽어간다.

그것이 '죽음의 안개'가 가진 무서운 힘이다. 엄청나게 넓은 범위에 포괄적으로 그 영향을 끼치니까.

"몸에 힘이 돌아오고 있어."

"우, 움직일 수 있다."

많은 사람들이 그것을 실제로 느꼈다. 죽음의 안개를 멀리서 들이마신 이들은 몸이 죽어가고 있다고 느끼던 중이었다. 몸에서 힘이 빠지던 중. 그런데 알약을 먹자마자 원래대로 돌아왔다.

이 사실은 즉각적으로 청와대에 알려졌다. 조해성 대통령의 눈시울이 붉어졌다.

"절대악이 또……."

뭘 어떻게 한 건지는 모르겠다. 하여튼 그는 '성좌'와 반대되는 편의 '절대악'이고, 성좌의 힘이라 할 수 있었던 '죽음의 안개'에 저항할 수 있는 수단을 국민들에게 뿌려줬다. 모르긴 몰라도 수많은 이들이 이 알약 덕분에 살아날 수 있을 거다.

"또……."

절대악이 한국에서 태어나서 진정 다행이다.

한편으로는 걱정이 됐다.

'절대악이…… 에덴 기사단을 상대할 수 있을까?'

절대악 입으로, 스스로 '코스프레'라고 밝혔다. 왜 저랬을까.

'시간을 벌기 위해서?'

놈들이 선전 포고하기를, 일단 '서울'의 모든 인간을 죽인다고 했다. 그렇다면 지금 절대악의 행동은, '내가 시간을 벌 테니, 가능한 서울에서 벗어나세요'라는 메시지를 던지고 있는 건가.

'대피령을 내려야 하나?'

그런데 그때, 절대악이 '진화한 어둠을 베다'라고 말을 한 그 능력이 빛을 발했다. 검은색 유성우가 떨어졌고, 그 강대한 기운에 '죽음의 안개'가 잡아먹혔다.

'잡아먹혔다.'

그렇게밖에 표현할 수 없었다. 생명을 빨아들이는 그 기운이, 그보다 더 강력한 권능에 먹혀 버렸다.

'도, 도대체 어떻게?'

절대악이 어떻게 현실에서 저런 능력을 발휘하는 건지 모르겠다. 점점 몸이 떨려왔다.

'앱솔루트 네크로맨서가 현실에서 능력을 발휘하듯……'

설마.

'절대악이?'

설마 싶었다. 설마. 정말 그렇다면. 정말 그렇다면.

자리에서 벌떡 일어섰다.

"만세!"

저도 모르게 만세를 외쳤다. 지금 두 눈으로 똑똑히 봤다. 잠깐이나마 한국을 넘어 전 세계를 공포에 몰아넣었던 '죽음의 안개'를 단 한 번의 능력 방출로 소멸시켜 버렸다. 올림푸스의 능력을 현실로 고스란히 가져왔다. 그렇게밖에 해석할 수 없었다.

조해성 대통령의 눈에서 눈물이 뚝뚝 흘러내렸다.

'희망이. 희망이 생겼다.'

진짜로 그랬다. 해외에서는 한국에 핵을 쏴야 한다는 주장도 심상치 않게 일고 있는 모양인데, 아마 그 주장도 쏙 들어가게 될 거다.

영상 속. 한주혁이 말했다.

"아니, 근데. 거기서 대장이 안 나오면 말이야."

한주혁은 가진바 모든 힘을 다 드러낼 필요는 없다. 태르민이 뭘 얼마만큼 더 숨기고 있을지 모르니까. 이미 한주혁은 느끼고 있다. 에덴 기사단의 힘을.

"이쪽도 맞춰줄게."

한마디를 덧붙였다.

"내가 나서면 너희 2초 안에 끝나. 그러면 시청률이 떨어지겠지?"

죽음의 안개도 없어진 마당에, 이제 시민들의 안전을 위협할 것은 없다. 그렇다면 같은 상황이라도, 어떻게 연출하느냐에 따라 세계인들에게 다른 메시지를 보낼 수 있을 것이다.

"얼마나 착하냐. 너네 시청률도 신경 써주고. 너희가 좋아하는 공포."

그 공포.

"너희도 느끼게 해줄게."

한 발자국. 한주혁이 앞으로 나섰다. 연검의 기사. 듀란을 똑바로 쳐다보며 말했다.

"마침 쪽수도 딱 열둘이네."

'황궁 지하 통로'에 숨겨져 있던 절대자 최후의 안배. 태초의 가디언들이 세상에 모습을 드러냈다.

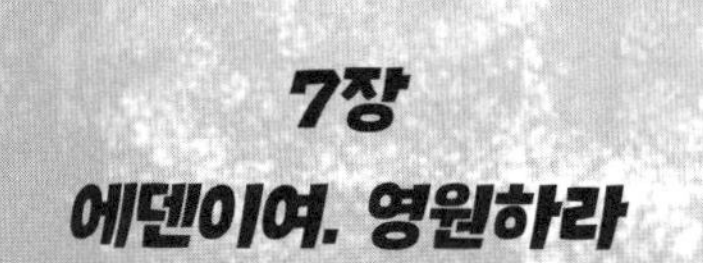

7장
에덴이여. 영원하라

“마침 쪽수도 딱 열둘이네.”

듀란은 그 말을 이해하지 못했다.

그때 하늘에서 무엇인가가 떨어져 내렸다. 빠른 속도로 떨어진 그것은 다름 아닌 사람이었다.

아무 소리도 나지 않았다. 사뿐 내려앉았다. 마치 깃털처럼. 아주 가볍게.

그 장면은 태르민에 의하여 전 세계에 방영되었다.

-앱솔루트 네크로맨서?

저 모습은 앱솔루트 네크로맨서였다.

세계의 안주인. 몇 차례의 기자회견으로 알려진, 이 세상에서 가장 영향력 있는 여성 1위. 천세송이었다.

-지금 저 높이에서 뛰어내린 거?
-헐?

모르긴 몰라도 저 빌딩보다 높은 곳에서 떨어져 내렸다.

-대박.
-아니, 이게 솔직히 대박은 아니지.

서울 상공의 수만 몬스터를 일시에 무릎 꿇린 게 꼬꼬다. 앱솔루트 네크로맨서가 꼬꼬보다 대단하지 않을 리 없다.

-와. 저 커플은 도대체 뭐임?
-커플끼리 쌍쌍으로 무쌍임?

하늘에서 떨어져 내린 앱솔루트 네크로맨서. 그녀의 등장은 전 세계를 술렁이게 만들었다.

천세송이 밝게 웃었다.

"그쪽에서 졸들을 내보내는데. 격은 맞춰야죠."

천세송이 한 발자국 앞으로 내디뎠다. 전 세계에서 가장 막강한 영향력을 가진 여성. 그 여자의 발걸음은 가벼웠다. 마치 눈앞의 기사들. '세계의 종말'을 예고한다고까지 표현되던 에덴 기사단원들이 별거 아니라는 것처럼 말이다.

천세송이 여전히 밝게 웃으며 말했다.

"그래서. 누가 나올 건데?"

천세송의 뒤로 태초의 가디언. 하이리가 모습을 드러냈다. 그와 동시에 한 명, 한 명 태초의 가디언 12기가 전부 모습을 드러냈다.

그 모습은 영화의 엔딩과도 같았다. 세계를 지켜낸 12명의 초인. 마지막을 장식하는 그러한 모습. 그들의 모습은 하나같이 아름다웠으며, 하나같이 기품이 넘쳤다.

신비한 기운을 품은 12기의 태초의 가디언. 그들이 천세송 뒤로 도열했다.

-와…… 대박이다.

-그런데 앱솔루트 네크로맨서가 소환한 거 보면 언데드들 아님? 언데드가 어떻게 저렇게 아름다움?

보통 언데드를 떠올리면 냄새나는 시체를 가장 먼저 떠올린다. 그런데 지금은 달랐다.

-언데드가 아닌 것 같은데……?

-응? 진짜 언데드 아닌 것 같은데.

화면상으로는 확실히 언데드가 아닌 것 같았다.

-언데드가 아니라고?

클래스명부터가 '앱솔루트 네크로맨서'인 천세송이다. 그런데 언데드가 아닌 소환수를 다룰 수 있다? 이건 또 무슨 말도 안 되는 소리란 말인가.

연검을 다루는 기사. 에덴 기사단원 듀란이 피식 웃었다.

"같잖은 놈들을 불러왔구나. 절대악. 네놈이 믿는 것이 겨우 저런 피조물들이냐?"

한주혁이 귀를 팠다.

"야. 너는 씨. 어디 졸개가 대장한테 말을 거냐?"

턱으로 하이리 쪽을 힐끗 가리켰다.

"말 섞으려면 하이리부터 이기고 와."

한 마디를 덧붙였다.

"못 이기겠지만."

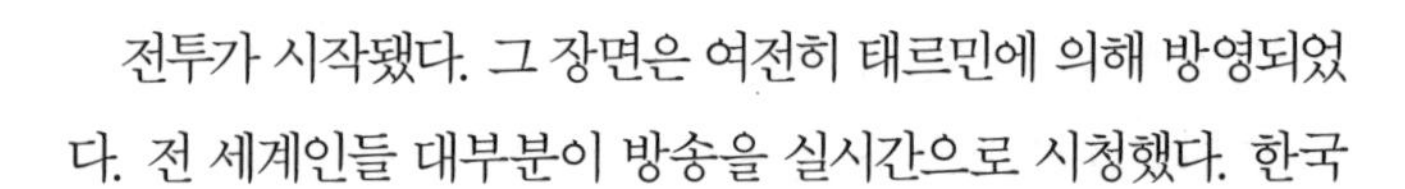

전투가 시작됐다. 그 장면은 여전히 태르민에 의해 방영되었다. 전 세계인들 대부분이 방송을 실시간으로 시청했다. 한국의 종말은 곧 세계의 종말이다. 그러한 여론이 팽배한 가운데, 수많은 사람들이 이 장면을 집중할 수밖에 없었다.

그런데 그 전투의 내용이 그렇게 거창하지 않았다. 절대악이 하품하는 모습이 전 세계에 방영됨과 동시에 영상 송출은 끝이 났다.

미국 대통령은 어안이 벙벙했다.

"캡틴. 지금 뭐가 어떻게 된 거야?"

"저도 방금 대통령님이랑 같은 영상 봤습니다만."

"내가 잘못 본 거 아니지?"

"천세송 씨가 혼자서 놈들을 쓸어버린 걸 본 거라면…… 잘 보신 것 같습니다."

이전의 앱솔루트 네크로맨서가 아니었다. 이전보다 훨씬 더 강력한 힘을 가진 소환수들을 부렸다.

"더 성장한 거지?"

"아마도요……?"

사실 캡틴의 안목으로 파악하기에는 조금 무리가 있었다. 원래부터 천세송이 지나치게 강자이다 보니, 얼마만큼 더 강해졌는지 파악하기 힘들었다.

"저기서 더 성장이 가능했나?"

"절대악의 예비 와이프니까……?"

세계인들이 경악했다. 태초의 가디언들이 에덴 기사단원들을 제압하는 데 걸린 시간은 불과 6분에 불과했다. 세계의 종말을 거론하던 에덴 기사단원들은 6분 만에 모두 무릎 꿇었다. 딱 한 명. 에덴 기사단의 부기사단장, 아니, 이제는 기사단장으로 승격한 케이룬을 제외하고서 말이다.

전 세계의 모든 채팅창이 한국 상황에 관한 내용으로 도배되었다. 사람들은 특히 인터넷 논객 '3충성'의 말에 집중했다. 3충성이 이렇게 주장했다.

-절대악이 처음 했던 말 기억함?

다들 기억하고 있다. '힘의 격차를 증명하라는 말. 혹시 들어봤냐?'였다.

-지금 절대악은 자기 스스로는 움직이지도 않고 있음.

모두가 봤다. 절대악은 안 움직였다.

-절대악과 앱솔루트 네크로맨서 사이에는 넘사벽이 존재함. 앱네가 아무리 강해도 절대악한테는 안 됨. 하위 호환 격의 클래스임.

모두가 안다. 앱솔루트 네크로맨서가 아무리 날고 기어도 절대악보다는 하수라는 것을.

-결국 자기보다 훨씬 약한 앱솔루트 네크로맨서를 내보냄으로써…….

사람들은 감탄했다. 절대악이 했던 말. 그 말을 스스로 증명했다.

-아. 힘의 격차를 이렇게 증명해 버린 거네.

'곳간 풍족자'로 이름 높은 네티즌도 굉장히 흥분했다. JTBN 채널에서 3충성에게 내기를 거는 것으로도 유명한 이 곳간 풍족자는 '힘의 격차가 오져 버려따리!'를 외쳐대며 자신의 존재감을 과시했다.

루펜달이 거리로 뛰쳐나왔다.

"죽음의 안개?"

루펜달의 손에는 태극기가 들려 있었다.

"좆 까!"

하늘을 향해 가운뎃손가락을 들어 올렸다. 마치 어딘가에 태르민이 존재하고 있다는 것처럼.

루펜달. 현실 속 루펜달은 엄연히 여자의 모습이었고, 그녀는 현재 잠옷 차림이다. 그녀의 동생이 황급히 뒤쫓아 나왔다.

"누, 누나! 여기 밖이야! 제발! 잠옷 차림으로 돌아다니는 건 아니잖아!"

"동생아. 죽음의 안개고 나발이고. 형님이 한번 뻥! 하니까다 없어지는 거 봤지?"

수많은 이들이 태극기를 들고 거리로 뛰쳐나왔다. 세계의 종말을 걱정하며, 자신의 죽음을 직감했던 많은 이들이 축제 분위기에 휩싸였다. 끔찍한 비극에서 벗어난 사람들 같았다.

"누나. 제발. 여기 현실이라고."

"현실이 곧 꿈이고, 꿈이 곧 현실이며, 현실은 올림푸스니라."

"아……. 제발."

루펜달은 동생이 말리든 말든, 흥분해서 태극기를 흔들었다.

"태극기는 이럴 때 흔드는 거다!"

누군가에게 말을 하는 것인지는 모르겠다만 루펜달은 그렇게 외치며 거리를 활개 쳤고, 그에 수많은 사람들이 동조하기 시작했다. 전 세계가 축제 분위기에 휩싸였다.

어느덧, 방송을 재개한 수많은 방송사들이 같은 내용을 각기 다른 언어로 포장했다.

-앱솔루트 네크로맨서가 소환한 언데드들에 의하여 에덴 기사단원 대부분이 사망하였으며…….

-절대악의 기운이 '죽음의 안개'를 소멸시켰으며…….

-절대악은 몸소 힘의 격차를 증명하여…….

-사법 정의를 바로 세운 절대악. 세계를 종말에서 구원하다?

전 세계에 실시간으로 속보가 터져 나왔다. 그만큼. 이번 사건의 임팩트는 강렬했다. 여태까지는 태르민의 의도 아래, 반강제적으로 영상이 송출되었는데 지금은 아니었다.

방송사들은 지금 특종을 잡기 위해 혈안이 됐다.

"지금 우리 쪽 기자 서울에 나가 있는 사람 있나?"

"당장! 당장 서울로 파견해! 아이 씨 뭐가 안 돼! 헬기라도 급파하란 말이야!"

"오! 마침 광화문 쪽에 있다고? 무조건! 무조건 카메라맨 대동해서 보내!"

운 좋게 기자가 파견되어 있는 방송사들은 쾌재를 불렀고, 개인 방송을 하는 많은 이들도 절대악을 향해 몰려들었다. 절대악과 에덴 기사단이 대치한 '서울역 근처'는 그야말로 인류의 거대한 전환점이었으니까.

BJ 핵초리도 그곳을 향해 뛰었다. 그리고 운 좋게 한주혁의 모습을 담을 수 있었다.

영상 속, 한주혁이 말하고 있었다.

한주혁이 물었다.

"네가 장군급 NPC들과 비교하면 어느 정도냐?"

아직 두 다리로 서 있는 유일한 NPC. 그의 이름은 케이룬이라 했다. 에덴 기사단을 이끄는 기사단장. 억지로 현실로 넘어오면서 단장이 사망했고, 그에 따라 단장으로 승격한 기사단장이다.

"우리는 장군급 NPC들을 두려워하지 않는다. 우리 위로는 오로지 대공 전하만이 있을 뿐. 대공께서 명령하시면 장군들도 참수한다."

"음."

장군보다 강하다는 건지, 약하다는 건지 모르겠다.

한주혁의 눈이 가늘어졌다.

'뭔가 믿는 구석이 있는 모양인데.'

절대자의 힘을 고스란히 가지고 있는 지금. 정확하게는 모르겠지만 무엇인가가 느껴졌다. 놈이 무엇인가를 꾸미고 있다.

'그래 봤자겠지만.'

아까 말했다. 공포를 느끼게 해주겠다고. 힘의 격차를 증명하겠다고.

'뭘 하려나?'

놈이 숨겨둔 비장의 수가 무엇인지 궁금해졌다. 시간을 좀 더 허락해 주기로 했다.

"아니. 근데 생각보다 너무 약하던데?"

이마에 피를 흘리며 무릎 꿇고 있는 '연검의 기사 듀란'을 한번 쳐다봤다. 듀란은 치욕스러운 듯 몸을 바르르 떨었다.

한주혁이 피식 웃었다.

"저렇게 안 죽이고 제압하는 게 훨씬 힘든 거 알지, 너도?"

듀란은 하이리가 제압했다.

'입이 거친 놈이로구나.'

라고 말하면서 말이다.

하이리는 아주 여유롭게 듀란을 때려눕혔다. 그것도 맨손으로.

"심지어 무기도 안 썼다?"

"……."

케이룬의 이마에 힘줄이 돋았다. 많이 치욕스러운 것 같다.

"너네 방송도 껐더라? 쪽팔린 줄은 아나 봐."

"……."

죽음의 안개를 대동해서 자신감 넘치게 나타났는데, 그 장엄한 등장과는 다르게 6분 만에 전부 KO당했으니 얼마나 창피하겠는가.

"태르민. 그 새끼는 어디서 뭘 하고 있을까?"

"그 더러운 입에 그 이름을 담지 말라!"

그 말에 아름답기로는 둘째가라면 서러울 하이리의 발이 움직였다. 일반인이 보기에는 따라갈 수조차 없는 속도로 발이 움직였다. 하이킥이었다. 케이룬은 그 하이킥에 제대로 반응하지 못했고 턱에 제대로 얻어맞았다.

"너희는 대체로 입이 더럽구나."

한주혁이 어깨를 으쓱했다.

"얘네도 나한테 한방 컷이다?"

BJ 핵초리가 그 말을 담았다.

핵초리의 팔뚝에 소름이 돋았다. 한방 컷. 저 단어가 저렇게 심오할 수 있단 말인가.

-형님들, 들었습니까? 에덴 기사단을 때려잡은 저 정체불명의 언데드들. 저 언데드들도 절대악한테는 한방 컷이랍니다.

흔히들 말하는 '먼치킨'이 이런 것 아니겠는가.

"그니까 너네 세계에서 그냥 잘 먹고 잘살면 되지. 왜 여기까지 와서 설쳐?"

지금 이 순간. 태르민도 어디선가 이 장면을 보고 있을 거다. 아니면, 이제 방송사에서 송출하는 영상을 통해 보고 있을지도 모르고.

태르민에게 말했다. 마치 모든 것을 알고 있다는 듯한 태도로.

"제우스가 그렇게 두려웠나?"

그런데 그때. 케이룬이 품속에서 무엇인가를 꺼냈다.

케이룬은 이때를 기다려 왔다. 역전의 마지막 발판. 이 순간을 위해 모멸감을 참으면서 버텨왔다.

"에덴이여. 영원하라!"

그와 동시에 무릎 꿇고 있던, 또 다른 11명의 에덴 기사단원들이 동시에 외쳤다.

"에덴이여. 영원하라!"

그들이 기다리고 기다리던 상황이었다.

그런데 아이러니하게도.

"너네도 이거 기다렸어?"

그들이 이 상황을 기다렸던 만큼. 한주혁도 이 상황을 기다리고 있었다. 그들에게는 참 미안하게도.

이곳에 오기 전. 지구로 향하는 워프 포탈 앞에서 에덴 기사단원들은 엄숙히 맹세했다.

기사단장이 말했다.

"이곳을 통과하면서 분명 누군가는 죽는다."

내가 될 수도. 네가 될 수도.

"모두가 죽지 않고 넘어갈 수 있다면 행복하겠지만 그럴 수 없다는 것을 잘 알리라 믿는다. 워프 포탈은 불안정하니까."

그가 계속 말했다.

"그리고…… 가장 마력이 강한 자가 타깃이 될 확률이 매우 높다."

그 말은 즉, 단장인 자신이 죽을 확률이 높다는 뜻이다. 워프 포탈에 잡아먹혀서 말이다.

"그리하여 나는 이 코어를 부단장인 케이룬에게 넘긴다."

"……."

케이룬이 붉은색 구슬을 하나 받아 들었다. 에덴 기사단원들 모두가 저 구슬이 무엇인지 안다.

"그럴 일은 없겠지만. 최후의 순간이 되면 사용하면 된다. 만약, 모두가 살아서 지구에 도착한다면 코어는 다시 내가 가져가도록 하겠다."

단장은 부단장인 케이룬의 손에 그것을 쥐여주고서 가장 먼저 앞서서 걸어갔다.

단장이 다시 한번 말했다.

"그 코어가 곧 에덴 기사단의 전부이며, 에덴 기사단이 존재하는 이유다. 케이룬 부단장. 부단장도 잘 알고 있겠지?"

"물론입니다."

케이룬은 그 코어를 고이 간직했다.

"쓸 일은 없을 것입니다."

그는 자신이 있었다. 지구의 문물?

"조심할 것은 핵폭탄이라는 것밖에는 없는 것 같습니다."

엄청난 열기와 폭풍을 동반하는 그 괴상한 무기. 모르골의 '뉴클리안'과 비슷한 파괴력을 내는 그 과학 무기만 아니라면, 딱히 조심할 것은 없어 보인다. 지구의 문명은 모르골의 문명보다 한참 뒤떨어졌다. 적어도 '전쟁과 관련한 문명'에 있어서는 더욱 그렇다. 개개인의 무력은 거의 없다시피 하다.

그렇지만 단장은 조금 더 조심스러운 기색을 보였다.

"쓸 일이 없으면 좋겠지. 그러나 부단장. 우리 에덴 기사단이 위험 부담을 감수하면서까지 지구로 넘어간다는 것을 잊지 않아야 한다."

자신감을 가지되, 자만하는 것은 좋지 않다.

"대공 전하께서 가장 아끼는 전력 중 하나라는 사실을 잊지 말도록."

"……."

케이룬이 고개를 끄덕였다. 어쨌든 에덴 기사단이 선택되었다. 누군가는 워프 포탈을 넘어가면서 죽을 거다. 그 위험을 감수하고, 대공이 자신들을 보냈다. 지구가 그렇게 만만한 곳은 아니라는 뜻이다.

"잘 알겠습니다. 코어. 제가 간직하고 있다가 지구에서 돌려드리겠습니다."

에덴 기사단은 그렇게 서울역에 게이트를 열었다. 그리고 예상했던 대로, 단장은 워프 포탈에서 소멸했다. 그래도 꽤 괜찮았다. 16명의 기사단원들 중, 12명이 살아남았으니까. 이 정도면 선방했다. 서울역을 지나는 그 순간에도, 케이룬은 이 코어를 사용하게 될 줄은 몰랐다.

모두가 태초의 가디언들에게 무릎을 꿇게 되었을 때, 그들은 약속이라도 한 듯 외쳤다.

"에덴이여. 영원하라!"

케이룬의 가슴팍 앞에 떠오른 붉은색 구슬. '코어'가 깨졌다. 그와 동시에 그들의 입에서 한줄기 피가 흘러나오기 시작했다. 그것도 검은색 피가.

12명이 동시에 땅에 쓰러졌다. 사망한 것처럼 보였다.

한주혁은 동요하지 않았다.

'죽지 않았어.'

죽지는 않았다. 아직도 마나 파동이 느껴진다. 놈들은 살아 있다. 그런데 놈들에게서 강력한 마나 폭풍이 느껴졌다. 그것은 실제 바람이 되어 주변에 요동쳤다.

한주혁은 한 발자국 옆으로 걸어가 생명수의 권좌. 천세송의 앞을 막아섰다. 혹시 모를 위험으로부터 사랑하는 연인을 지키기 위해서.

이 장면은 세계 유수의 방송사와 BJ 핵초리의 개인 방송을 통해 전 세계에 뿌려졌으며, 수많은 여자들로부터 환호와 감탄사를 불러일으켰다.

'강력한 마나의 흐름이 느껴진다.'

에덴 기사단. 한주혁이 판단한 이들의 능력은 대략 3~4급 정도 되는 것 같다. 확실한 건, 개개인의 무력이 2급 장군 세이비안보다는 약하다는 것이었다.

'태르민이 마음먹고 보낸 놈들이라고 보기에는 약해.'

그래서 기다렸다. 태르민이 뭘 노리고 있는지. 그걸 파악해 보기 위해. 무엇을 숨기고 있는지 알기 위해.

에덴 기사단원들의 신체가 부풀기 시작했다. 순식간에 엄청난 크기로 부풀어 올랐다. 거의 빌딩과 비슷한 수준까지 커졌다.

그때 한주혁에게 알림이 들려왔다.

-에덴 기사단의 진정한 힘이 모습을 드러냅니다.

현실에서 알림이 들려왔지만 한주혁은 개의치 않았다. 이미 제우스를 만나고 왔다. 알림이 들릴 것은 예상하고 있었다. 한주혁에게 있어서 올림푸스와 지구는 둘 다 같다. 둘 다 현실이고, 둘 다 '실재(實在)'다.

-에덴 기사단이 폭주하기 시작합니다.

거의 빌딩 크기로 커진 에덴 기사단. 놈들은 마치 거대한 공룡 같았다.

BJ 핵초리는 저 모습을 '거인'이라 표기했다.

"우오오오오오오!"

12명의 거인. 빌딩보다 더 큰, 은빛 갑옷을 입은 거인들이 저마다의 무기를 휘두르기 시작했다.

후우웅-!

거대한 파공성이 일었고, 그들의 무기에 서울역 주변은 순식간에 초토화되었다.

한주혁이 인상을 가볍게 찡그렸다.

'진언은 통하지 않는 상대네.'

써보지 않아도 자연스레 알 수 있었다. 저놈들은 진언이 통하지 않는다. '이성'이라는 것 자체가 존재하지 않는다. 그냥 본

능대로 미친 듯이 움직일 뿐. 정해진 프로세스에 따라 난동을 피울 뿐이다.

놈들의 눈이 붉게 물들었다. 그 눈에는 살의가 가득했다. 딱히 한주혁을 노리지는 않았다. 보이는 모든 것을 부쉈고, 보이는 모든 것을 향해 무자비한 폭력을 저질렀다.

한주혁은 움직이지 않았다.

'열심히 움직이는 놈은 셋에 불과해.'

저놈들은 이제 '에덴 기사단'이라고 볼 수 없었다. 아니, 어쩌면 저것이 진정한 '에덴 기사단'의 본모습일지도 모른다. 설계된 대로. 프로그래밍된 대로. 자신의 생명력을 불태워 초인적인 힘을 이끌어내어 쓰는 일회용품들. 어쨌든 저놈들 중 셋은 이쪽의 이목을 끌고 있고 나머지는 뭔가 다를 수를 꾸미고 있다는 얘기다. 애초에 그렇게 설정되어 만들어진 놈들인 듯했다.

"자신의 생명력을 갉아먹는다라."

일종의 버서커인 것 같다. 아마 며칠. 짧으면 몇 시간 후. 놈들은 사라질 거다. 다만, 그 며칠 혹은 몇 시간 동안 많은 피해가 발생하겠지만.

한주혁이 말했다.

"가디언들 넷이 거인 하나를 맡는다. 움직이고 있는 놈들을 묶어."

"알겠습니다."

따로 시키지 않아도 알아서 척척 잘 움직였다. 12명의 가디언들이 4명의 거인을 둘러싸고서 관절 부위들을 공략했다. 커진 몸체만큼이나 맷집도 강해졌는지, 어지간한 공격은 제대로 데미지를 주지 못했다.

'내가 힘을 방출하는 그 짧은 순간을 노리고 있는 것 같은데.'

셋은 그렇다치고. 나머지 아홉은 도망칠 궁리를 하고 있는 것 같다. 아니, 도망치도록 설계되어 있다.

'어디론가로 날아가 버리면.'

놈들을 한 번에 잡는 것은 어려워 보인다. 자신의 생명력을 담보로 해서 사용하고 있다. 생명의 힘을 초월할 수 있을 정도의 어마어마한 힘을 끌어내야 하는데, 그러면 한주혁 자신도 체력이 많이 필요하다. 체력이 많이 떨어진 상태에서 태르민이 기습하는 시나리오도 충분히 가능하다.

'한 놈씩. 천천히 잡아야 하는데.'

그러면 놈들이 어디론가로 도망쳐 어딘가에 피해를 줄 것이라는 것이 문제다.

'그냥 애초에 자비 없이 죽일 걸 그랬나.'

후회는 길지 않았다.

'아니.'

놈들의 능력을 어느 정도 파악했다. 이전부터 봐왔다. 플레이어들의 생명을 사용해서, 플레이어들을 잡아먹으면서 놈들은 힘을 키워왔다. 생체 실험을 통해 '초월급 마법병기'도 만들었다. 거기서 그치지 않고 아예 스스로의 생명을 바쳐가면서까지 저런 거인들을 만들어냈다.

'만약…… 1급이나 2급에 해당하는 놈들에게도 저런 기술이 적용되면…… 까다롭겠어.'

이기지 못할 거란 생각은 안 한다. 단지 조금 까다로울 뿐.

'어차피 피해가 아예 없을 수는 없다.'

한주혁은 세상을 구원할 구세주가 아니다. 단지 능력을 '아주 많이 갖춘' 일반인일 뿐이다. 한주혁 스스로도 그렇게 생각한다. 세상을 구원한다거나, 종말로부터 세상을 지킨다거나, 그런 거창한 생각은 없었다. 다만, 가능한한 피해를 최소화시킬 뿐이다.

-천공 요새 '드라칸 방주'의 화포 132문이 '거인화 상태의 에덴 기사단원'을 노리기 시작합니다.

-천공 요새 '드라칸 방주'의 화포가 정조준을 완료하였습니다.

또 다른 사용 승인권자. '하리엘'은 당연히 사용을 허락했다. 계약으로 따지면 한주혁이 절대적인 갑. 원래 소유주였던 하리엘은 절대적인 을이었으니까.

132문. 천공 요새 드라칸은 스스로 판단하여 9명의 거인들을 노렸다. 거인들은 자신이 조준되었다는 것을 깨달았는지 이리저리 열심히 뛰기 시작했다.

-천공 요새 '드라칸 방주'가 발포합니다.

빛기둥이 쏟아져 내렸다. 대천사들을 집어삼킨 천공 요새 드라칸의 화포가 거인들을 노렸다.

'오?'

한주혁은 흥미로운 사실을 하나 알아냈다.

'드라칸의 화포를 버텨?'

지금이야 껍데기만 사람이지만, 실제로 저들은 사람이 아니다. 태르민의 능력에 의해 만들어진 새로운 개체다.

'사람의 능력으로 드라칸의 화포 공격을 버티는 건 불가능하고.'

자신이 지금의 경지에 이르지 못했다면, 자신도 버티지 못할 거다. 절대자가 된 지금이라고 해도, 상처 하나 없이 버티기는 힘들 정도의 강력한 수준이니까.

'데미지가 박히기는 하는데…….'

놈들은 '드라칸 방주'의 공격에 어느 정도 내성을 가진 것처럼 보였다.

'타락 천사들의 왕. 하리엘 자존심이 좀 상하겠는데.'

아무래도 태르민은 배신한 성족이 가지고 있는 최후의 무기. '드라칸'에 대해서도 어느 정도 알고 있었던 모양이다. 그리고 그것을 미리 대비한 것 같았고.

한 가지 사실을 깨달았다.

"아. 그래서 에덴 기사단을 지구로 파견한 거구나."

천공 요새. 드라칸 방주의 힘을 어느 정도 막아낼 수 있다고 판단했기 때문에.

"아니."

허공을 쳐다보며 말했다.

"드라칸 방주의 힘을 막아낼 수 있다고 판단해서가 아니라."

아주 잠깐. 버서커가 된 거인들을 향해 연민의 감정을 품었다. 자신의 생각이 맞았다. 저들은 스스로가 '에덴 기사단'이라는 것에 상당한 자부심과 긍지를 느끼고 있었겠지만 태르민에게는 아니었다. 일회용품이 맞았다.

"데이터를 수집하기 위해 테스트 버전의 생쥐들을 내보냈던 거네."

그 생쥐들은 다름 아닌 저 거인들. 에덴 기사단원들이고. 오늘을 기점으로, 기술을 더 보완할 거다. 드라칸 방주의 공격에 대비할 거다. 그리고 현실을 넘보겠지. 태르민은 현실을 반드시 지배하려 들 테니까. 아니, 여의도의 제우스를 잡아먹고 싶어 하니까.

한주혁이 쳐다보고 있는 곳에서 파지직! 하고 스파크가 일었다. 허공에는 분명 아무것도 없었는데, 무엇인가가 가볍게 폭발했다.

"언제까지 쥐새끼처럼 숨어 있는지. 두고 보겠다. 태르민."

씨익 웃었다. 누군가에게 말하듯 작게 말했다.

"그렇게 멀리 도망은 못 갈 거야."

어디 한번. 발악은 해봐. 지켜는 봐줄게.

드라칸 방주의 함포 사격. 그리고 태초의 가디언들과 거인들의 대치. 겉으로 보기에 이들의 전쟁은 팽팽한 것처럼 보였다. 드라칸 방주는 거인들에게 아직 치명상을 입히지 못했고, 태초의 가디언들과 거인들도 완벽한 결착을 내지는 못했으니까. 일단 겉으로 봤을 때는 그렇게 보였다.

전 세계가 집중하고 있는 가운데. 한주혁의 입에서 딱 한마디의 말이 흘러나왔다.

8장

태르민의 전화

한주혁이 딱 한 번 입을 열었다.

"힘내자. 얘들아."

제3자가 보기에는 단순한 응원일 수 있지만 이것은 단순한 인사치레가 절대로 아니었다. 생명수의 권좌. 현실에서도 그 힘을 끌어내서 쓸 수 있는 천세송은 온몸에 힘이 가득 차오르는 것을 느꼈다.

'이건……!'

뭔지 정확하게 알고 있다.

'악신의 가호!'

절대악 전용 버프 스킬. 지금에 이르러서야 스킬이 의미가 없어졌고, 이름을 굳이 만든다면 악신의 가호가 아니라 '절대자의 가호' 정도 되겠지만. 어쨌든 근본은 같았다.

생명수의 권좌. 천세송은 머리가 맑아지는 느낌을 받았다.

'오빠는 정말 한계가 없구나.'

앱솔루트 네크로맨서에서 생명수의 권좌로. 한 단계 더 업그레이드했더니, 또 다른 세상이 보인다. 세상은 아는 만큼 보이는 법. 자신이 더 강해지니, 오빠가 얼마만큼 더 대단한지 좀 더 알 것 같다.

'그사이 더 강해진 것 같은데.'

악신의 가호를 여러 차례 받아왔던 천세송이다. 그녀는 그렇게 느꼈다. 한주혁의 능력이 더욱 강해졌다고. 그래도 지나치게 놀라거나 평정심을 잃지는 않았다.

평정심을 잃은 것은 천세송이 아니라 천세송의 권속들. '태초의 가디언'들이었다.

하이리는 순간 자신의 몸에서 뿜어져 나오는 검은색 기운을 억제하지 못했다.

순간적으로, 황홀한 기분을 느꼈다. 몸이 붕 떠서 하늘로 날아가는 것 같은 느낌이었다. 장로 중 한 명. 베르디가 말하는 '홍콩에 갔다'라는 것이 이런 게 아닐까 싶을 정도였다.

'하아.'

몸을 바르르 한번 떨었다.

'이것은…… 절대자의 가호인가.'

완벽하게 달라졌다. 아까의 자신과 지금의 자신은 완전히 다른 개체다. 하이리는 그렇게 확신했다.

하이리가 말했다.

"영원이라고 했나?"

영원을 외쳤던 가련한 저놈들은 이미 이성을 잃고 날뛰고 있다. 몇 명은 워프 준비를 하고 있다.

하이리가 거인 한 명에게 접근했다.

"절대자 앞에. 영원만큼 같잖은 단어도 없음이니."

거인 한 명에 태초의 가디언 네 기. 그 균형이 완전히 깨졌다.

'힘내자. 얘들아.'

그 한마디에 상황은 180도 바뀌어 버렸다. 태초의 가디언 네 기가 거인 한 명을 맡았었는데, 이제 태초의 가디언 네 기가 모여 거인 한 명을 압도했다.

"으오오오오오오!"

거인들이 날뛰었다. 하이리가 공중에 떴다.

"잠잠하라. 주인 잃은 영혼들아."

황홀하리만치 아름다운 그녀의 모습에 전 세계의 언론사와 BJ 핵초리가 하이리의 모습을 카메라에 담아냈다.

"고요하라. 갈 곳 잃은 거인들아."

공중에 뜬 채. 몸을 반 바퀴 회전시킨 하이리가 양팔을 아래로 펼쳤다. 그녀의 열 손가락에서 검은색 실이 뿜어져 나왔다. 마력으로 이루어져 있는 실.

그 사이. 또 다른 태초의 가디언 11기가 원을 그렸다. 또 다른 가디언들의 손가락에서도 열 가닥. 도합 110가닥의 검은 줄이 뿜어졌다.

태초의 가디언. 12기가 동시에 말했다.

"잠들어라. 영원한 안식을 향하여."

그것은 하나의 파동이 되어 주변을 휩쓸었다. 검은색 선들이 거인들의 몸을 관통했다. BJ 핵초리는 흥분했다.

-세, 세, 세, 세상에.

핵초리의 눈으로 본 전투는 이랬다.

-세상이 잘려 나가고 있습니다.

뭐라고 표현해야 할지 모르겠다. 이 세상이 종이로 이루어져 있다면, 그 세상이 거대한 가위로 잘려 나가는 것 같았다. 검은색 선이 지나간 그 자리는 검은색으로 물들었다. 마치. 그곳에는 아무것도 존재하지 않는 것 같았다. 일직선들로 이루어진 블랙홀이 생겨난 것 같았다.

한주혁조차 감탄했다.

'와. 이런 기술이 있어?'

이건 단순히 거인들을 도륙한 것이 아니었다.

'지금 저건…….'

필드 전체를 뭉개 버리는 것. 그것은 한주혁도 해본 적이 있다. 아예 필드를 소멸시켜 버리는 경험은 이미 있으니까.

'이건 한 차원 더 높은데?'

필드는 그대로 내버려 두고, 그 필드 중간중간. 자신이 원하는 것만 소멸시켜 버렸다. 태초의 가디언들이 뿜어낸 힘은 그야말로 '소멸의 힘'이었다.

'방금 저건 어떻게 한 거지.'

태초의 가디언 12기가 한주혁 앞에 무릎을 꿇었다.

"절대자의 명령을 받들어, 태초의 맹약에 따라, 절대자의 앞길을 가로막는 모든 악한 것들을 소멸시켰습니다."

현실과 올림푸스의 경계가 허물어진 지금. 알림이 들려왔다.

-에덴 기사단을 사살하였습니다.

-'광폭화'의 '실마리'를 찾아냈습니다.

'광폭화의 실마리' 아마도 에덴 기사단원들이 코어를 부수고서 거인이 되었던 그것을 말하는 것 같았다. 이성은 모두 잃어버린 채 프로그래밍된 대로 움직이는 것.

-퀘스트. '광폭화의 단서를 찾아서'가 생성되었습니다.

퀘스트가 주어졌다.

씨익 웃었다.

'제우스는 이걸 막고 싶겠지.'

광폭화는 분명 위험한 기술이다. 사람의 생명을 잡아먹으며 일순간 강력한 힘을 낸다. 생명을 갉아먹는 힘이다. 제우스는 이걸 막고 싶은 것 같다.

'위험한 기술인 건 맞는데…….'

아직도 허공에 '검은색 선'이 일렁거렸다. 공간이 찢겨져 나간 것 같았다.

'저것도 충분히 위험해 보이는데.'

필드를 지워 버리는 저 능력. 상당히 위험해 보인다. 다시 말하자면, 굉장히 강해 보인다. 절대자의 가호를 받은 '태초의 가디언'들의 능력은 생각보다 훨씬 강했다.

한주혁이 무릎 꿇고 앉은 하이리에게 물었다.

"하이리, 방금 그거. 어떻게 한 거지?"

"방금 그것이라 함은……."

하이리가 머뭇거렸다. 어떻게 설명을 해야 할지 모르겠다. 방금 사용한 힘. '소멸의 선'이다. 닿는 모든 것을 소멸시켜 버리는 권능.

"태초의 가디언들에게만 허락되어 있는 권능으로……."

쉽게 말하자면 이런 거다. 오로지 '태초의 가디언'들만 사용할 수 있다. 아무리 당신이 강력한 절대자여도, 이건 사용할 수 없다. 올림푸스가 생성되던 그때부터. 자신들만 사용할 수 있도록 설정되어 있는 힘이니까.

그렇지만 그 말을 하기가 어려웠다. 상대는 절대자. 주군이다. 나는 할 수 있고, 너는 할 수 없으니 꿈 깨라고 말할 수는 없지 않은가. 최대한 빙빙 돌려서 얘기해야 했다.

"이 힘은…… 태초의 가디언들만 사용할 수 있는…… 위험한 권능이며…… 주군의 앞을 가로막는 모든 악한 것들에 대항하기 위한 태초의 가디언 최고, 최후의 권능입니다."

한번 발동 시키면 되돌릴 수 없는 힘. 닿는 모든 것을 '무(無)'로 돌려 버리는 무시무시한 권능. 자신들도 '절대자의 가호'가 없으면 사용할 수 없는 절대적인 힘.

"따라서…… 이 힘은 절대자의 명령에 따라야만 사용할 수 있으며……. 일단 사용된 뒤에는 돌이킬 수 없는 권능의……."

한주혁은 머릿속으로 떠올려봤다. 그리고 한번 흉내 내봤다.

"이렇게……. 하는 건가?"

그냥 한번 해봤는데, 한주혁의 손에 검은색 기운이 일렁거렸다.

"……되네?"

모르면 몰랐으되 역시 알면 되는 것 같다. 흡족해졌다.

"……."

"……."

"……."

태초의 가디언 12기. 그들은 모두 할 말을 잃었다. 특히 하이리의 충격은 더했다.

'내가 가진 정보가 틀렸단 말인가.'

설정되기로, 저 힘은 오로지 태초의 가디언에게만 종속된 힘이다. 아무도 사용할 수 없다.

'……라고 알고 있었는데.'

동료들의 표정을 보아하니 동료들도 그런 것 같다. 적잖은 충격을 받은 것 같다. 그나마 또 다른 주인인 '생명수의 권좌'가 위로해 줬다.

"그냥. 뭐. 우리 오빠가 원래 그래."

태초의 가디언들과 정신적인 유대 관계가 깊은 생명수의 권좌다. 그래서 태초의 가디언들이 얼마나 극심한 멘붕 상태에 빠져들었는지, 더욱 잘 느낄 수 있었다.

한주혁은 새로 익힌 힘에 재미를 붙였다. 극도의 집중력을 발휘하느라, 태초의 가디언들이 황당해하는 것은 느끼지 못했다. 한 가지에 완전히 집중해서 그렇다.

"힘을 이렇게 썼으니까."

그러면 반대로 쓰면?

"이렇게 적용시키면……."

허공에 남아 있던 검은색 선들이 사라지기 시작했다. 더 정확히 말하자면 그 선들이 한주혁의 손가락에 모여들었다. 손가락 앞에 둥그런 구체가 되었다.

"되네?"

검은색 선들이 사라진 곳들은 원래 상태로 돌아왔다. 블랙홀이 사라졌다. 필드가 원상 복구되었다. 현실에 남은 선들이 완전히 없어졌다.

"……."

"……."

"……."

딸꾹.

하이리가 딸꾹질을 했다. 우연인지 필연인지는 몰라도, 12기의 가디언들 중 7기의 가디언이 동시에 딸꾹질했다.

괜스레. 천세송이 민망한 듯 웃었다.

"그냥…… 그런가 보다 하다 보면 익숙해지더라."

그때. 꼬꼬가 뒤뚱뒤뚱 걸어왔다. 부리에 반짝반짝 빛나는 무엇인가를 물고 있었다. 아까 거인들의 잿더미를 열심히 쪼더니, 무엇인가를 찾아낸 모양이었다.

한주혁이 말했다.

"잘했어."

꼬꼬는 어깨를 폈다. 주인님을 따라다니기를 잘한 것 같다. 모르긴 몰라도, 이 하늘에 자신을 대적할 수 있는 놈들은 없는 것 같다. 그 무엇도 두렵지 않았다. 말만 잘 들으면 영원히 하늘의 제왕으로 군림할 수 있을 것 같다는 판단이 섰다.

키에엑!

꼬꼬는 많이 똑똑해졌다.

과거에는 식탐에 따라서만 움직였다. 먹을 것! 먹을 것을 내놔! 라며 잿더미들을 쪼아댔다. 하지만 이제는 아니다. 많이 똑똑해졌고 영리해졌다. 주인님이 원하는 것을 만들면, 자신은 하늘의 제왕이 될 수 있다.

키엑!

주인님이 뭘 원하는지 몰라 그냥 다 쪼았어요.

그냥 되는 대로, 가능한 최대한 쪼고 쪼고 또 쪼았다. 히든 피스를 찾아내는 특수한 능력을 가진 펫답게. 꼬꼬는 이번에도 잿더미에서 아이템을 찾아냈고.

한주혁이 꼬꼬의 부리에 있던 것을 받아 들었다.

"음."

무엇인가 했더니, 'Carttier'라는 영문 모를 이름의 구슬이었다.

<Carttier>

-?

아이템 설명창에도 '?'만 표시되어 있을 뿐. 더 이상의 정보는 허락하지 않았다.

'뭔지는 모르겠네.'

일단은 모르겠다. 제우스에게 직접 물어봐도, 아마 제우스도 모를 거다. 아니, 더 정확하게 말하자면 제우스도 말해줄 수 없을 거다. 제우스는 '원칙'에 따라 움직이니까.

'내 퀘스트랑 연관이 있나?'

퀘스트창을 열어보았다.

<광폭화의 단서를 찾아서>

광폭화는 태초로부터 봉인되어 있던 금지된 기술입니다. 현대에 이르러서 광폭화의 조짐이 보이고 있습니다. 거인이 발견된 것으로 보아 광폭화 기술이 상당 부분 발전이 된 것으로 판단 됩니다. 광폭화의 단서를 찾으십시오. 광폭화의 기술을 세상에서 지우는 것이 최종 목적입니다.

태초로부터 봉인되어 있던 금지된 기술. 그걸 꺼내 쓸 수 있는 사람은 정해져 있었다.

'역시 태르민이겠지.'

결국 태르민으로 향하는 내용이다. 지금 진행하고 있는 에르페스 메인 퀘스트. '보복 전쟁'은 물론이거니와 '광폭화의 단서를 찾아서'도 하나의 흐름으로 연결된다.

그런데 그때. 한주혁의 핸드폰이 울리기 시작했다. 아는 번호도, 모르는 번호도 아니었다. 발신인이 아예 뜨지 않았다. 핸드폰 화면이 잠깐 흐려졌다. 그러고서 저절로 글자가 생성되었다.

핸드폰 액정에 이름이 나타났다.

-태르민.

한주혁이 전화를 받았다.

'태르민이 나한테 전화를.'

한주혁은 그다지 당황하지 않았다. 이제는 여유롭다. '태르민'이라는 세 글자를 봐도 무덤덤했다. 그냥 지나가다가 가로수 몇 그루를 보았다. 그것과 별반 다르지 않았다.

한주혁은 통화 버튼을 누른 뒤.

-할 말 없다.

라고 말하고서 바로 끊어버렸다. 급한 건 저쪽이지만 이쪽이 아니다.

또 전화가 왔다. 액정에는 '태르민'이라고 써 있었다.

-스팸 사절.

한주혁은 두 번의 전화를 그렇게 끊어버렸다. 어차피 서로 돌이킬 수 없는 강을 건넌 사이. 대화로 어떤 타협점을 찾아내거나 협의를 도출하기는 불가능한 상황이다. 서로가 끝을 봐야 하는 상황에서 대화가 무슨 의미가 있겠는가.

태초의 가디언들을 역소환시킨 천세송이.

"오빠. 그래도 전화 한번 받아보는 게 좋지 않을까?"

라고 말을 했을 때가 되어서야 비로소 한주혁은 전화를 받아줬다. 원래 안 받으려고 했는데, 사랑해 마지않는 여자친구가 의견을 제시했을 때에는 그냥 한번 들어주는 것도 나쁘지는 않은 것 같다. 받아도 되고. 안 받아도 되는 상황이면, 여자친구 말 듣는 게 좋다. 한주혁은 그렇게 생각했다.

-뭐냐?

-이렇게까지 하는 이유가 뭐냐?

한주혁은 순간 대답할 말을 찾지 못했다.

-이렇게까지 하는 이유?

이게 말인가 방귀인가 싶다.

-너야말로 왜 이렇게까지 하냐? 제우스가 널 삭제하기라도 한대?

-마치 모든 것을 다 알고 있다는 듯 얘기하는군.

-제우스를 만났으니까.

태르민은 아무런 말도 하지 않았다.

이번에는 한주혁이 물었다.

-근데 너는 양심이 있냐?

신귀족 프로젝트를 진행하면서 한국을 이른바 헬조선으로 만들었던 태르민이다. 사람들 간의 계급을 조장하고 신귀족들을 만들어 군림하려 했다. 인류를 노예화하려고 했던 이가 바로 저놈이다. 한술 더 떠 '몬스터 게이트' 사건을 일으켜 많은 아이들을 희생시키고, 심지어는 수많은 이들을 '실종 상태'로 만든 뒤 살해했다. 그런 주제에 자신더러 '이렇게까지 하는 이유가 뭐냐?'라고 묻는다.

-양심 없겠지. 없으니까 나한테 이딴 식으로 전화를 걸어 묻겠지.

한주혁이 인상을 잔뜩 찌푸리고서는 물었다.

-솔직히 말해봐. 너는 지금도 네가 뭘 잘못하는지 모르지?

-인간은 수직적 지배 구조가 있을 때에 비로소 번영한다. 왜 그것을 이해하지 못하지?

왕이 있고 신하가 있다. 백성이 있고 또 노예가 있다. 태르민이 말하는 사회 구조란 그런 구조를 말한다.

-인간은 평등할 수 없다. 평등할 수 없는데 평등하기를 바라니 분란이 일어나는 것이다.

태르민의 어조는 더없이 진중했다. 태르민은 진심이었다.

-불평등 가운데에 만족을 누리게 해주는 것. 그것이 나의 임무다. 평등이라는 허울 좋은 가치 아래에서 불행하게 사는 것보다는 훨씬 낫지 않겠는가? 미래를 봐라. 절대악이여.

태르민의 주장에 따르면, '신귀족 프로젝트'로 인한 반발과 저항은 오래가도 두 세대. 대략 40년 정도라고 했다. 40년만 지나면 인류는 과거를 잊고 '계급 사회'에 익숙해진다고 했다. 계급 사회가 이루어질 때. 비로소 인간은 행복해질 수 있다고 했다.

한주혁이 피식 웃었다.

-미래? 뭐 까는 소리하고 있어.

태르민의 말이 옳다고 생각하지도 않지만, 설령 옳다 하더라도 한주혁은 저따위 주장에 전혀 동의하지 않았다.

-꼰대들이 맨날 주장하는 게 있어. 뭔지 아냐?

아주 많이 들어봤다.

-젊어서 고생은 사서도 하는 거다. 미래에 다 돌아온다. 아프니까 청춘이다. 뭐 이딴 말. 아, 이것도 혹시 네가 만든 말이냐?

아프면 병원을 가야 한다. 아프면 청춘이 아니라 환자다. 무슨. 젊어도 아픈 건 아픈 거고, 늙어도 아픈 건 아픈 거다. 미래의 행복을 위해 현재의 행복을 과감히 버릴 수 있어야 한다? 한주혁은 공감하지 못하는 말이다. 차라리 현재의 행복이 모여 미래의 행복을 만든다면 모를까.

-미래를 위해 왜 현 세대가 희생해야 돼?

그것도 신귀족 프로젝트라는 허울 좋은 명분으로.

-반대로 인류가 귀족. 너희 NPC들이 노예로 하는 건 그럼 괜찮냐?

-그건 말이 안 되지. 인류는 애초에 우리 NPC보다 열등하게 태어난 존재니까.

한주혁이 어깨를 으쓱했다. 태르민의 생각은 잘 들었다. 세송이가 전화 한번 받아보라고 해서 받아봤는데 더 이상 들을 필요는 없을 것 같다. 태르민은 이미 아주 오래전부터 저렇게 살아왔다. 앞으로도 바뀌지 않는다.

-너는 그럼 네 방식대로 미래를 지켜.

네가 말하는 인류의 번영과 행복을 위해.

-나는 내 방식대로 현재를 지킬 테니.

마침. 딱 그 상황에 BJ 핵초리가 한주혁의 음성을 담았다. 거리가 너무 멀어서 그 전의 대화는 담기지 않았다.

하지만 딱 한 마디. '나는 내 방식대로 현재를 지킨다'는 그 문장이 BJ 핵초리의 개인 채널을 통해, 전 세계 수백만 동시 접속자들에게 전해졌다.

개인 채널에서는 난리가 났다. 한국인들은 자신이 마치 절대악의 화신이라도 된 것마냥 우쭐거렸다.

-이것이 바로 절대악 클라스다.

어떤 한국인은 짧은 영어를 열심히 입력했다.

-The man is Korean.

저 남자가 한국인이다. 아주 짧은 문장이었지만 한국인들은 저 문장에 열광했다. 절대악이 한국에 있고, 그 한국에서 절대악이 자신의 방식대로 현재를 지킨다고 선언했다.

절대악 열풍은 꺼지지 않았다. '세계의 종말'을 거론하게 만들었던 에덴 기사단을 막아낸 절대악. 그가 일궈낸 폭풍이 점점 더 커지기 시작했다.

한세아. 그러니까 '이오빠가내오빠다'는 집으로 돌아와 사이다를 마시면서 '크!'를 외쳤다. 오빠가 돌아오길 기다렸다. 넓디넓은 거실을 몇 바퀴나 돌았다. 계속해서 사이다를 홀짝거리면서 중얼거렸다.

“크! 나는 내 방식대로 현재를 지킨다!”

그녀의 목소리는 아주 두꺼웠다. 최대한 굵게 목소리를 냈다.

“내가 바로. 현실의 수.호.자!”

아무도 없는 거실. 그곳에서 한세아는 두 다리를 살짝 벌리고 서서 손가락으로 한 곳을 가리켰다. 더없이 진지한 표정을 지으면서 혼자서 외쳤다.

“이 땅의 사법 정의를 바로 세우라!”

그녀의 표정은 한없이 근엄했고 엄격했다. 흔히들 말하는 ‘엄근진’(엄격, 근엄, 진지)한 모습이었다. 그녀는 그 상태 그대로 몸을 한 바퀴 돌렸다. 제자리에서 점프하며 거실 문을 향하여 손가락질했다. 여전히 진지한 표정으로 엄숙하게 외쳤다.

“이 오빠가! 내 오빠다!”

라고 외친 그 순간.

“……응?”

거실 문에 누군가가 보였다.

“…….”

“…….”

“…….”

세 사람 가운데 침묵이 흘렀다. 한 명은 한주혁이고, 또 한 명은 천세송이다. 또 한 명은 당연히 한세아다. 한세아의 얼굴이 붉어졌다.

“오, 오빠. 언제 왔어?”

한주혁의 눈에 한세아가 보였다. 저 꼴을 보고 누가 그 대단한 잿빛 마도사 한세아라고 보겠는가. 세상에서야 여신급의 랭커라고 추앙하긴 하는 것 같은데, 한주혁 자신이 보기에는 그저 목 늘어난 티셔츠를 입고 있는 약간 정신이 온전치 못한 여동생이다.

"너 뭐 하냐?"

"나, 나?"

한세아는 마침 손가락으로 거실을 가리키고 있던 상황. 천세송이 저도 모르게 푸흡! 하고 웃음을 터뜨리고 말았다. 한세아의 얼굴이 붉어지다 못해 터질 것 같았다.

한주혁이 고개를 절레절레 저었다.

"아. 쪽팔린다. 너 진짜 어디 가서 내 동생이라 하지 마라."

"……."

잠시 말을 잇지 못한 한세아가 황급히 말했다.

"오빠. 어디서부터 들었어?"

"시끄러워. 말 시키지 마. 피곤하니까."

한주혁은 귀찮다는 듯 손을 내저었다. 거실을 지나 자신의 방으로 향했다. 천세송이 방긋 웃었다.

"세아 언니. 귀여워."

"그, 그 그러니까 세송아. 언제부터 들었어?"

천세송이 미안한 듯 웃었다.

"그게……."

솔직히 말해주기로 했다. 어차피 창피한 거. 알고 창피한 게 낫지 않겠는가.

“오빠가 캐릭터 동기화를 했잖아?”

한세아가 털썩 주저앉았다. 그렇다. 오빠는 지금 ‘아서’의 신체와 동기화된 신체를 가지고 있다. 그 신체가 어떤 신체인가. 모든 스탯이 MAX를 찍고, 그 무섭다는 태르민도 발 동동하게 만든 괴물 같은 신체 아닌가. 아마 처음부터 다 들었을 거다.

“……망했어.”

하늘이 무너지는 기분이 들었다. 방으로 뛰어가 이불 속에 몸을 숨겼다. 뭐랄까. 강제 커밍아웃당한 기분이랄까. 국뽕과 오빠뽕은 좋았는데, 막상 당사자에게 들키니 죽을 맛이었다.

천세송이 뒤따라왔다.

“언니. 근데 오빠 거의 바로 올림푸스 접속할 것 같아. 언니도 들어오라던데.”

“……망했어. 날 찾지 마. 난 죽었어.”

“그게…… 중요한 퀘스트 있다고. 언니도 들어와야 한다고…….”

한세아는 결국 침대에서 일어났다. 창피한 건 창피한 거고. 오빠가 중요하다고 말을 했을 정도의 퀘스트면 아마도 인류의 명운을 뒤바꿀 수도 있을 정도의 스케일이 분명했다.

“알았어. 곧 접속할게.”

문득 궁금증이 생겼다.

"근데 오빠는 어떻게 접속해? 캡슐로?"

"아니. 그 오빠 방에 올림푸스로 통하는 게이트가 연결되어 있다는 것 같은데 나도 아직 실물로는 못 봤어."

더 정확하게 말하자면 올림푸스로 통하는 게이트가 아니라, '올림푸스-제우스 존-지구'를 잇는 게이트다. 방에서 제우스 존으로 이동하고, 그곳에서 다시 올림푸스로 이동할 수 있는 게이트가 생성되었다.

천세송은 목덜미까지 붉어진 한세아의 등을 토닥여 줬다.

"언니. 힘내. 그래도 언니 엄청 귀여웠어."

"별로 위로는 안 되지만 하여튼 힘은 낼게."

한세아를 다독여 준 천세송은 강재명을 호출했다. 인류의 생사를 결정짓는 건 절대자인 한주혁이, 그리고 세세한 건 세계의 안주인 천세송이 다스린다 해도 과언이 아니었다.

"강재명 비서실장님. 여의도. 그곳 미스테리에서 베르디가 이쪽으로 넘어올 거예요. 그 정보가 바깥에 새어 나가지 않도록 청와대랑 조율해주세요. 청와대 쪽에는 제가 미리 연락 넣어놓을게요."

"알겠습니다."

강재명은 천세송의 지시를 자연스레 받아들였다. 비록 20살에 불과한, 어리다면 어린 여자지만 강재명은 이것이 너무나 자연스럽다고 생각했다. 한주혁의 아내가 될 사람이다. 그것만으로도 이미 이 세상에서 가장 존귀한 여인이라 할 수 있는데,

그것을 제외하고도 감히 형용할 수 없을 정도의 위엄이 그녀에게 있었다.

'실제로…… 하늘의 맹금류 몬스터들을 한 번에 제압한 사람이 바로 이분.'

강재명은 앱솔루트 네크로맨서가 더 성장했다는 것을 안다.

'생명수의 권좌.'

천세송의 명령을 받들었다. 베르디가 이쪽으로 어떻게 넘어오는지에 대해서는 궁금해하지 않았다.

"비밀로 하시는 이유가 무엇입니까?"

"모르골 제국과의 전쟁을 통해 베르디의 얼굴은 많이 노출되었어요. NPC들이 지나치게 현실과 올림푸스를 오고 가는 것은 시민들에게 혼란을 야기할 거예요. NPC들은 현재로서는…… 세계의 종말을 야기할 수 있을 정도로 공포스러운 존재니까."

방금 에덴 기사단이 그랬다. 그 전, 2급 장군 세이비안도 그랬다. NPC들이 현실에 모습을 드러내는 것. 그것 자체를 최대한 보여주지 않을 생각이다.

강재명은 생각했다.

'어째서 베르디일까.'

모르골과의 제국과의 전쟁이 한참인 지금. 굳이 왜 베르디를 빼서 현실로 불러들였을까. 그녀가 어떻게 제우스 존에서 걸어 나올까. 그런 의문들은 가슴에만 품었다. 지금은 지시를 이행할 때다.

'분명 이유가 있으시겠지.'

이것이 '생명수의 권좌'. 천세송의 뜻이든, 아니면 절대자. 한주혁의 뜻이든. 어쨌든 어떤 뜻이 있을 거다.

"분부 받들겠습니다."

한편, 올림푸스. 모르골 제국에 접속한 한주혁은 하늘을 올려다봤다. 이곳은 모르골 제국에서 가장 큰 평원인 '방갈루아 평원'. 플레이어에게 공개된 모든 필드를 통틀어서 가장 넓은 평원. 이곳 하늘에 거대한 게이트가 생성되었다. 한눈에 담기지도 않을 정도의 거대한 게이트. 강대한 마나가 휘몰아쳤다.

함께 그곳에 접속한 한세아도 하늘을 올려다봤다. 그녀도 느껴졌다. 게이트 안에서 새어 나오는 강대한 힘이. 게이트가 열리지도 않았는데 이미 온몸의 털이 쭈뼛쭈뼛 설 정도의 강력한 기운이 느껴졌다. 단 한 번도 보지 못한 스케일의 거대한 게이트.

흰색과 금색으로 빛나는 거대한 마법진이 조금씩 오픈되기 시작했다. 그녀는 현실에서 있었던 창피한 일도 완전히 잊은 채, 한주혁에게 물었다.

"오빠야. 도대체 저게 뭐야?"

9장
군대가 나타나면

황금색. 그리고 흰색이 어우러진 거대 마법진. 이름하여 '게이트'에서는 강대한 기운이 뿜어져 나왔다.

한주혁이 그것을 발견한 것은 모르골 제국의 가장 큰 평원인 '방갈루아 평원'.

한주혁이 말했다.

"군대…… 인 것 같네."

저 안에서부터 군대가 내려올 것 같다. 하늘에서 군대가 내려온다. 날개 달린 군대가.

"성족들로 이루어진 군대인 것 같아."

한세아가 고개를 갸웃했다.

"성족들?"

성족들이 갑자기 왜 나타난단 말인가.

"대천사들을 잃었어. 세 명이나. 거기에 한 명은 타락 천사가 되어 배신했고. 어찌 됐든 나는 성족들의 원수 아니겠어?"

"성족들이 오빠를 싫어해서 군대를 보냈다는 거야?"

"그랬을 확률도 있고. 아니면 태르민이랑 오래전부터 협력 관계에 있었다든지. 뭐 이러저러한 것들이 겹쳐졌겠지."

대천사들을 죽였다. 자신이 죽인 건 아니고 타락 천사 하리엘이 그렇게 했지만 어쨌든 정황상, 자신이 대천사들을 타락 천사와 모의하여 비겁한 방식으로 죽인 게 되었을 거다.

"아주 오래전부터. 인류와 성족은 동맹을 맺었거든."

더 정확히 말하자면 태르민과 대천사들이 맺었다.

"성족들은 마족들을 상대할 힘이 부족했고. 인간들은 성족의 힘이 탐났으니까."

"아아. 그건 알아. 예전에 오빠가 시나리오 퀘스트 클리어했었잖아."

성족과 마족의 전쟁. 그 사이에 낀 인류의 지원. 인간의 힘만으로는 성족이나 마족을 어찌할 수 없지만, 어디 한쪽의 편을 들면 그 힘의 균형이 바뀐다.

한주혁이 하늘을 올려다봤다.

'그러면서 세계 12대 초인의 아이템들이 만들어졌고.'

그것은 '악'의 힘을 다스리는 강력한 힘을 품고 있었다. 이 역시 성족들의 도움을 받은 거라 유추할 수 있다.

'그만큼 성족들은 무시할 수 없는 종족이라는 거지.'

종족값 자체가 인간들보다 훨씬 높은 개체들이다. 결코 만만한 상대들은 아니다. 일반적인 기준이라면 말이다.

루펜달이 고개를 끄덕였다.

"그렇군요."

대단한 깨달음을 얻은 것처럼 말했다.

"조금 센 X밥들이군요."

루펜달의 표현에 따르면 '조금 센 X밥들'인 성족들의 군대가 조금씩 모습을 드러내기 시작했다. 가장 앞선 천사는 순백색의 유니콘을 타고 있었는데, 그 유니콘의 레벨이 무려 500으로 표시되었다.

중국을 초토화시켰었던 문 타이거의 레벨이 300대였다는 것을 감안하면 엄청난 레벨이라 할 수 있다.

한세아가 눈을 크게 떴다.

"레벨 500?"

딱 한 마리만 레벨이 표시되고 나머지는 '?'로 표시됐다. 저 한 마리는 일부러 레벨을 표시한 것 같다. 작위적으로 말이다.
한주혁이 피식 웃었다.

"재가 레벨 제일 높나 보지 뭐."

레벨 500이라. 별로 감흥이 없다. 유니콘. 세 봤자 말이겠지. 그런데 문제는 지금 이 게이트에 나타난 '성족들의 군대'가 아니었다.

한주혁에게 알림이 들려왔다.

-퀘스트. '천사의 심판'이 활성화되었습니다.

문제는 이것이 한주혁에게만 들린 게 아니라는 것.

'전체 알림?'

이 평원 전체에 들렸는데, 이것이 평원에만 들린 것인지. 아니면 평원을 넘어서서 다른 곳까지 영향을 미쳤는지. 그게 좀 궁금했다.

'어디 한번.'

눈을 감고 집중해 봤다. 이와 같은 기운이 어딘가에 또 느껴지는지.

'있다.'

헬 하운드 목장 근처. 중국 내 영지. '용암 사막' 근처에서도 이와 비슷한 힘이 느껴졌다.

'아.'

알 수 있었다.

"이 게이트. 하나가 아니야."

규모는 여기 게이트가 가장 클 수도 있다.

한주혁이 퀘스트 창을 활성화시켰다. 퀘스트는 대놓고 한주혁을 저격하고 있었다.

<천사들의 심판>

'절대선'을 추구하는 천사들이 절대악의 악행에 분노하였습니다. 천사들은 절대악의 종족. '인간'들을 적으로 규명하였으며, 이것은 절대악이 사망하는 시점까지 유효합니다. 천사들은 기존 올림푸스의 주민들. 플레이어 용어로 'NPC'와 전적인 동맹을 맺었으며, 플레이어는 두 가지 선택지 중 하나를 선택할 수 있습니다.

1) 천사들과의 전쟁

2) 천사들과의 협정

한주혁이 헛웃음을 지었다.

'절대선을 추구?'

이 퀘스트. 제우스가 내린 건 아니다. 아마도 대천사의 권능을 이어받게 된 어떤 놈이 술수를 부린 것 같다. 태르민과의 합작품일지도 모른다.

'누가 절대선이야?'

여태까지 플레이해 오면서 모든 것이 거꾸로 되어 있었다. 일견 악해 보이는 것이 선했고, 선해 보이는 것이 악했다. 플레이는 모순의 연속이었다.

"그래도 뭐."

아마 많은 사람들이 흔들릴 것 같기는 하다. '천사'라는 이미지가 갖는 상징성도 무시할 수는 없으니까. 아예 시스템을 이용해서 자신들이 '절대선'이라고 규정했으니까.

"내 생각에는…… 미국까지는 게이트가 나왔을 것 같기는 해."

다른 나라는 모르겠지만 미국 정도는 이 게이트가 튀어나왔을 것 같다. 봉화대 시나리오가 그쪽에서 진행되었으니까. 자신의 시나리오는 큰 흐름 안에서 한 방향으로, 일관성을 가지고 진행되고 있다.

'여기는 중국.'

미국. 중국. 한국. 일단 게이트가 활성화되었을 것이라 짐작되는 3국.

한주혁이 잠시 집중했다.

"또 친N파가 득세하겠네."

여태까지 플레이해 오면서, 세계의 절대자로 군림 아닌 군림을 하면서 느꼈다. 인간들은 생각보다 굉장히 다양한 생각을 가질 수 있고, 이해관계에 따라 누구에게는 영웅이 누구에게는 악마가 될 수도 있다. 절대적인 영웅 같은 건 없다. 쉽게 말하면 한국의 기득권들.

대연합을 비롯한 '신귀족'들에게 한주혁은 악마나 다름없다.

"세상에는 다양한 사람들이 사니까."

'친N파'를 선택해야 한다는 사람들도 분명 많을 거다. 이제는 아예 인간을 초월해 버린, 마치 초월자처럼 보이는 종족들이 나타나지 않았는가.

한세아가 뭔가 이상함을 느꼈다.

"오빠……?"

오빠가 집중하고 있다. 저 거대한 게이트가 일렁거리는 게 느껴졌다. 마치 게이트 전체에서 아지랑이가 피어오르는 것 같았다.

한주혁이 게이트를 쳐다봤다. 힘을 끌어올렸다.

'이 정도로 집중하는 건…… 절대자가 된 이후로 처음인 것 같은데.'

될지 안 될지. 스스로도 모르겠다. 머리로 생각하고 움직인다기보다는, 몸이 알고 있다. 어떻게 해야 하는지. 어떻게 움직여야 하는지. 몸에 각인되어 있는 것처럼. 그렇게 자연스레 힘을 끌어 올렸다.

천세송의 몸도 바르르 떨렸다. 이유는 알 수 없었다. 오한이 일었다. 주변의 마나가 살려달라고 울부짖는 것 같은 느낌이 들었다.

'뭐, 뭘까, 이 느낌은?'

고요했다. 게이트 안에서 '천사들의 군대'가 강림하고 있는데도, 그 어떤 소리도 들리지 않았다.

-천사들이 위험을 감지합니다.

순간, '성가'가 울려 퍼졌다. 이해할 수 없는 언어였다. 이태리어를 전혀 모르는 한국인이 이태리어를 듣는 것처럼. 아예 완전히 다른 언어의 목소리.

그와 동시에 하늘에 거대한 '황금 방패'가 생겨났다. 하늘 전체를 덮을 것만 같은 거대한 방패. 그것은 보는 이로 하여금 경건함을 느끼게 만들었다. 성스러운 느낌의 거대 방패.

필드 전체 알림이 들려왔다.

-황금 방패가 모든 악한 기운을 차단합니다.

-'천사들의 성가' 모든 악한 기운을 억누릅니다.

이것은 비단 한주혁이 있는 이곳. 방갈루아 평원에서만 이루어진 것이 아니었다.

-미국. 카를로스 평야에 생성된 이 거대 게이트는…….

-러시아. 옴스키아 평야에 모습을 드러낸 이 거대 게이트는…….

-한국. 데르앙 평야에 나타난 이 성족들의 게이트는…….

-중국. 방갈루아 평원에도 거대한 게이트가 생성되어…….

-중국. 용암 사막에도 게이트가 생겨났으며…….

성족들의 게이트가 미국, 러시아, 한국, 중국. 이렇게 네 국가 기반 대륙에 각각 모습을 드러냈다.

-세 곳의 공통점은 절대악과 매우 직접적인 연관이 있는 곳으로써…….

절대악 활동 초기. '대군주'라는 직함을 얻기 전. 그때 한주혁은 '옴스키아'의 영주권을 획득했었다. 옴스키아 평야는 '옴스키아 영지'와 맞닿아 있는 평야. 카를로스 평야는 현재 한주혁의 소유권이 인정되고 있는 미국 땅. 그리고 데르앙 평야는 절대악이 힘을 떨치기 시작했던, 그 유명한 '데르앙 전투'를 치렀던 땅.

모두 절대악과 깊은 관련이 있는 곳이었다.

-모두가 '절대선'을 자처하며 '절대악'을 처단하겠다는 기치를 내걸고 선전 포고를 하였습니다.

천사들이 주는 상징성. 이미지. 그러한 것들은 성족들이 '옳다'라는 느낌이 들게 만들었다. 더군다나 '성족'들은 강했다. 날개 달린 천사들은 매우 강력한 힘을 자랑했고 군대와 마주하는 모든 플레이어는 그 자리에서 자발적으로 퀘스트의 '2번 선택'을 해야만 했다. 그렇지 않으면 델리트되니까.

새로운 사실들이 속속들이 밝혀졌다.

-천사들의 군대는 기본적으로 델리트 능력을 지니고 있으며.

-굉장히 높은 확률로 현실에서의 사망을 가져올 수 있습니다.

중국은 원래부터 '접속 위험 국가'였다. NPC들이 워낙에 활개 치고 다녀서 그렇다. 그런데 그것이 이제는 러시아와 미국으로 확대되었다. 접속하는 것은 괜찮은데, 괜히 접속이라도 했다가 천사들의 군대와 마주쳤다가는 실제로 죽을 수도 있다는 얘기다.

퀘스트. '천사들의 심판'의 (2)번 선택. 그러니까 '천사들과의 협정'은 굴욕적인 내용이었다. 모든 NPC는 귀족이고, 플레이어는 노예와 다름없다. NPC를 떠받들어야 하며, 천사들에게도 전폭적인 지원과 복종을 해야만 한다는 내용이다. 그것이 강제적으로 적용되었다.

조해성 대통령도 상황 보고를 실시간으로 받았다.

"대규모의 전체 퀘스트입니다. 에덴 기사단 때보다 더한 위기감이 전 세계에 불어닥치고 있습니다."

플레이어는 어떻게 손쓸 수 없을 정도의 강력한 존재들. 천사.

"또 수많은 이들이 이 모든 일이 절대악 때문이라며 친N파를 자처하고 나서고 있습니다. 특히, 미국의 저소득층 백인들이 그렇습니다. 절대악 때문에 자신들이 가져야 할 것을 다른 이들이 가져갔다고 생각하는 모양입니다."

"……."

조해성의 이마에 주름이 깊어만 갔다. 대통령이 된 것도 좋고, 최대한 많은 이들이 행복하게 사는 나라를 만들기 위해 노력하고 있는데, 자꾸만 재앙이 닥쳐온다.

"중국 꼴을 보면서도…… 참 지치지도 않는가 보군."

중국의 블랙샤크가 어땠는가. '반 절대악'을 외치며 대중의 지지를 얻었다가 한순간에 폭락하지 않았는가.

'그걸 요즘 말로 개폭망이라도 했던가.'

미국인들은 지금 그걸 잊은 모양이다.

'물론 대다수의 국민들은 절대악을 여전히 지지하겠지만.'

그래도 또 워낙에 많은 사람이 모여 있는 미국이다 보니, 소수라고는 해도 그 수가 제법 많은 듯했다. 사람은 다양하다. 조해성은 그걸 존중한다.

"절대악이 선하기만 한 영웅이 아닌데."

저들의 공포감, 박탈감도 이해 못 하는 건 아니다. 쉽게 말해, 천사들은 두렵지만 절대악은 무섭지 않다. 천사들은 자신들을 언제고 해칠 수 있지만, 절대악은 자신들을 해치지 않는다. 그러니까 절대악은 좀 만만하다. 좀 욕해도 된다. 기회만 잡으면 말이다.

"그에 반해 러시아는…… 완전히 친 절대악으로 돌아섰습니다. NPC 따위에게 굴복할 수 없답니다."

"거기는 거의 독재에 가까우니까."

독재에 가까울수록 여론을 다스리기 쉽다. 그들은 완벽하게 '친 절대악' 노선을 탔다.

'결과는 어떻게 될까?'

친 절대악. 친 NPC. 두 갈래로 나뉘어져 싸우기 시작한 미국. 그리고 완벽한 친 절대악 노선을 타고 있는 러시아. 그 두 나라 사이에 어떤 일이 벌어질지. 조해성은 벌써부터 궁금해졌다.

"JTBN 채널의 손석기 사장이 방송을 송출하기 시작했습니다."

손석기가 직접 움직였다. 그만큼 중요한 일이라는 뜻.

화면 속에는 절대악이 있었다. 절대악도 한 거대 게이트 앞에 서 있었다. 하늘을 올려다보면서. 그곳에서는 '성가'라고 이름 붙은 노랫소리가 울려 퍼지고 있었다. 압도적인 크기의 '황금 방패'가 펼쳐져 있었다. 경외감이 들 정도. 저 거대하고 엄숙한 방패와 군대 앞에. 절대악은 전혀 뒤처지지 않을 정도의 존재감을 뿜어냈다. 단 한명이 군대를 상대하고 있는데도. 결코 작아 보이지 않았다.

"저기가 어디인가?"

"모르골 제국. 방갈루아 평원입…… 허, 헉!"

보고를 하던 그 순간. 보고를 하던 비서실장은 말을 잇지 못했다. 화면 속에서 '기적'이 벌어졌다.

성가가 울려 퍼지고 있는 방갈루아 평원. 경건함이 느껴지는 거대한 황금 방패. 황금 방패의 호위를 받으며 지상으로 강림하는 수많은 천사들. 이름하여 '엔젤스 아미(Angels Army)'의 위용은 그야말로 압도적이었다.

그 압도적인 광경을 땅 위에 두 발 딛고 서서 올려다보는 절대악의 모습은, 사람들이 보기에는 처절하기까지 했다. 적어도 그 장면만 놓고 보면 그랬다.

한주혁이 머릿속으로 문장을 생각했다.

'진언은…….'

여태까지는 그냥 사용해 왔었다. '그냥 하면' 모든 것이 되었으니까. 하지만 이제는 조금 다르다. 제우스를 만났고, 세계의 진실에 한 걸음 더 다가섰으며, 진언에 대해서도 더욱 알게 되었다.

'내 의지와…….'

진언은 사용자의 의지와 표현법에 크게 영향을 받는다. 종족값을 아득히 초월하여 절대자가 된 지금 의지는 이미 강대하다. 의지가 아니라 표현법에 좀 더 집중했다.

'내가 군주로서 행동해야 했던 것 역시…… 이것의 사전 연습이었겠지.'

한주혁은 충성심을 얻기 위해 지위에 따른 행동을 해야만 했다. 조금 오글거리는 대사나 행동도 거리낌 없이 했다. 스카이 데블 주민들의 충성심을 얻기 위해서. 좀 더 자연스러운 군주가 되기 위해서. 군주의 옷을 입기 위해 그들이 생각하는 군주처럼 움직였다.

'지금도 마찬가지.'

과거부터 지금까지. 시작부터 현재까지. 그 모든 것들이 절대자를 위한 안배였다. 한주혁이 하늘을 올려다보며 말했다.

"나는 너희를."

스스로 되뇌었다. 자신은 절대자다. 진정한 황제의 혈통을 이었다. 태초의 옥새를 심장에 품었다. 그래서 그 지위에 걸맞은, 시스템적으로도 자신의 자리에 어울리는 말을 내뱉기로 했다.

"이 땅에 허락하지 않았다."

순간 한주혁의 몸에서 검은색 기운이 폭사되었다. 그것은 거대한 검은색 구름이 되는가 싶더니, 짙은 안개가 되어 게이트 전체를 덮었다.

3충성은 하늘을 올려다봤다.

'저건……!'

이미 봤던 거다.

'죽음의 안개?'

이번에 에덴 기사단이 사용하면서 한국을 경악에 빠뜨렸던 그 안개와 비슷했다. 생긴 것은 그랬는데, 느껴지는 기운은 달랐다.

'그게 개울물이라면.'

그것이 개울물이 졸졸 흘러가는 '죽음의 안개'였다면.

'이건…….'

말로 형용할 수 없는 무엇인가가 하늘을 휩쓸었다. 눈으로 보지 않으면, 몸으로 느끼지 않으면 절대로 전할 수 없는 그 기분. 거대한 해일이 하늘을 삼키는 광경을 눈과 몸으로 느끼는 기분.

3층성은 발견할 수 있었다.

"아……."

레벨 500. 유니콘이 가루가 되어 사라지고 있었다. 한국. 서울역 근처에서 일어났던 일이 이곳. 게이트에서도 재현되었다.

유니콘에 타고 있던 천사가 외쳤다.

"천사들은 성가를 울려라!"

성가 소리가 더욱 커졌다. 마치 '죽음의 안개'를 억누르려는 듯. 황금 방패에서 황금빛이 뿜어져 나왔다.

-황금 방패가 특수 속성을 발휘합니다.

-'특수 속성-대(對) 죽음의 안개'의 소멸 권능이 발동됩니다.

방금 크게 외쳤던 천사의 발끝부터 가루가 되어 사라지기 시작했다.

"우리 위대한 성족은 인간의 사악할 술수에 굴복하지 않는다."

그는 손에 들고 있던 칼을 높이 들어 올렸다. 이미 그의 하반신은 사라진 상태. 마지막 힘을 짜내어 한주혁을 향해 칼을 휘둘렀다. 칼에서 하얀색 구체가 생성되었다. 그것은 강력한 마나 응집체.

"죽어라!"

마지막 힘을 짜낸 공격. 하얀색 구체를 내던졌다. 천사는 그 자리에서 가루가 되어 소멸했다.

한주혁이 피식 웃었다.

"말했잖아."

한주혁의 이마에서 땀 한 방울이 흘러내렸다. 큰 체력 소모는 없었지만, 그래도 땀 한 방울 흘릴 정도의 노력은 했다.

"나는 너희를 허락한 적이 없다고."

한주혁을 향해 날아오던 하얀색 구체 역시 가루가 되어 소멸했다. 강력한 권능을 담고 있었을 것이 분명한 구체는 한주혁 앞에서는, 한낱 먼지덩이에 불과했다.

루펜달은 당연하다는 듯 고개를 끄덕였다.

"역시 좀 센 X밥들이군요."

말하자면.

"X밥들 중에서 조금 센 편이라고나 할까요?"

루펜달은 기분이 좋아진 듯 쿡쿡대고 웃었다. 애초에 그(그녀)는 긴장이라는 것을 모르는 듯했다. 초일류 강대국인 미국에서조차도, 사람들이 편을 나누어 싸우기 시작했는데. 루펜달의 믿음은 견고했다.

"못생긴 애들 중에서 잘생겨 봤자, 어차피 못생긴 것처럼."

같은 이치다.

"X밥들 중에 세 봤자 결론은 어차피 X밥이죠."

한주혁이 뿜어낸 검은색 기운. 마치 죽음의 안개와 비슷하게 생긴 기운은 천사들을 집어삼키기 시작했다.

"물러서지 마라. 성가가 우리를 수호한다!"

성가 소리가 울려 퍼지고, 하늘이 황금빛에 휩싸였다.

-'특수 속성-대(對) 죽음의 안개'의 소멸 권능이 강력하게 작용합니다.

그들의 얼굴에 여유가 생기기 시작했다.

"죽음의 안개는 우리의 능력 앞에서 무용지물이 될 것이다!"

유니콘을 타고 있다 소멸한 천사 대신, 군대를 이끌고 있는 또 다른 천사. 루덴이 자신의 창을 높이 들어 올렸다.

"두려워 말라. 죽음의 권능은 황금 방패 앞에 무릎 꿇을 것이니."

그는 확신했다. 성가와 황금 방패. 이 둘의 시너지 효과라면 죽음의 안개쯤은 아무렇지도 않게 없애 버릴 수 있다고. 특수 속성이 제대로 발동된 이상. 저 죽음의 안개는 이제 곧 소멸될 것이라고.

"성스러운 노랫소리가 악을 잠재울 것이……."

루덴은 뭔가 이상함을 느꼈다.

'응?'

하반신이 비어 있는 느낌이 들었다. 그건 착각이 아니었다. 하반신이 사라지기 시작했다.

'이럴 리가 없다.'

황금 방패의 특수 속성은 제대로 발동했다. 제대로 발동한 정도가 아니라, '성가'에 의해 버프까지 받고 있는 상황. 죽음의 안개를 소멸시키고, 악의 기운을 정화시킬 수 있을 정도의 막대한 힘을 자랑하는 황금 방패다. 그런데 어째서.

'어째서 상황이…….'

눈으로 본 상황은 결코 좋아지지 않았다. 죽음의 안개는 오히려 더욱 커졌다. 해일이 덮쳐와 바다가 되었다. 어느덧 죽음의 안개는 천사들을 모두 집어삼키고 게이트까지 잠식했다.

단 한 명이 뿜어낸 기운이 게이트 전부를 덮었다.

"이럴 리가 없다."

황금 방패가 제대로 작동하고 있는데. 성가가 분명히 울려 퍼졌는데. 이게 도대체 어떻게 된 일이란 말인가.

'설마!'

저건 죽음의 안개가 아니라 다른 것일 수도 있겠다는 판단이 들었다.

"성가의 노랫말을 바꾼다! 저건 죽음의 안개가 아니다!"

죽음의 안개라고 볼 수 없었다. 효과는 비슷했지만.

"이건 설마……."

그럴 리가 없다. 루덴 자신조차도 신화에 기록되어 있는 것만을 봤을 뿐이다.

[인간이되 인간이 아니며, 마족이라 할 수도 없고 성족이라 할 수도 없는, 신을 접한 자만이 사용할 수 있는 절대 죽음의 권능으로써, 그 이름은 소멸의 안개라 한다.]

죽음의 안개는 이 소멸의 안개를 흉내 낸 가짜일 뿐.

루덴의 팔뚝에 소름이 돋았다. 신을 접한 자만이 사용할 수 있는 절대 죽음의 권능. 죽음의 안개. 그와는 차원을 달리하는 훨씬 더 상위의 권능이 눈앞에서 펼쳐졌다.

"소멸의 안……."

루덴은 말을 잇지 못했다. 그는 창을 높이 들어 올린 채. 완전히 소멸했다. 그 역시 가루가 되어 사라졌다.

JTBN. 손석기의 화면에는 더 이상 천사들이 존재하지 않았다. 천사뿐만이 아니었다. 거대한 게이트와 황금 방패 역시 가루가 되어 없어져 버렸다.

손석기는 순간 할 말을 잃었다.

"……."

눈앞에서 직접 봤다. 이건 영상으로 담아낼 수가 없었다. 방금 절대악이 뿜어낸 이 기운은 그야말로 절대자의 것이었다. 굳이 표현하자면, 진정한 황제가 이 땅에 강림한 것 같은 그런 느낌이었다.

중계도 잊은 채, 저도 모르게 넋을 잃었다.

'저 사람이…… 절대악.'

압도적인 힘. 하늘을 삼키는 거대한 기운. 해일 같은 맹렬함을 몸으로 봤다. 말을 이을 수가 없었다. 마치 절대악의 허락을 받은 자만이, 이 땅을 살아갈 자격이 있는 것 같은 느낌이 들 정도였다. 이런 허무맹랑한 생각이 들 정도로. '엔젤스 아미'를 소멸시키는 한주혁의 능력은 강력함을 넘어 경이로웠고 경외를 보내 마땅했다.

'아차.'

겨우 정신을 차린 그가 중계했다.

-천사들의 군대가…… 전멸했습니다.

그 숫자는 어림잡아도.

-어림잡아도 수십만 이상일 것이라 짐작됩니다.

또한 이쪽의 피해도 거론해야만 했다.

-절대악 일행의 피해는……. 전무합니다.

이건 전투나 전쟁이 아니라 학살이었다. 아니, 학살이라고 보기에도 어려웠다. 손석기는 속으로만 생각했다. 이건 '신의 강림'에 가깝다고.

그 사이, 꼬꼬가 하늘을 날았다. 꼬꼬가 날자 어디에 있었는지 수많은 비행 몬스터들이 하늘을 향해 날아올랐다. 검은 잿더미조차도 소멸된 하늘. 그곳에서 꼬꼬는 허공을 열심히 쪼고 쪼고 또 쪼았다.

키에에엑!

모두 나를 따르라!

하늘을 수만, 혹은 수십만, 어쩌면 수백만 마리 이상의 비행형 몬스터들이 뒤덮었다. 그 몬스터들은 꼬꼬와 비슷한 모양새로 허공을 찔러댔다. 그랬더니 하늘에서 보석들이 우수수 떨어지기 시작했다.

루펜달이 3층성의 어깨를 툭 쳤다.

"뭐 해?"

"아, 아, 아, 응. 맞다. 맞어."

저건 몬스터 스톤이 아니었다. 아직 정확한 이름이 붙지는 않았지만 아마도 저것은 '엔젤 스톤'에 가까운 것일 터. 손석기도 그 장면을 봤다.

-새로운 형태의 몬스터 스톤이 드랍되고 있습니다. 저것을……우리는 엔젤스 스톤이라고 불러야 할까요?

여러가지 색깔이 조합된 모양새였다. 빨강. 주황. 노랑. 초록. 파랑. 남색. 보라. 얼추 7가지의 색깔이 어우러진 스톤.

-혹은 레인보우 스톤이라고 부르면 될 것 같습니다.

레인보우 스톤. 이것이 어디에 쓰일지는 모르겠다만 일단 3충성은 그것들을 모두 수거하고 봤다. 모든 상황이 정리되고 나서야 한세아가 물었다.

"오빠. 나 궁금한 게 있어."

"뭔데?"

"그…… 오빠 땀 한 방울 흘렸잖아?"

"아. 봤냐?"

아까 '소멸의 안개'를 펼쳤을 때. 분명히 땀을 흘렸다. 비록 한 방울에 불과했지만 하여튼 그랬다. 한세아는 그게 궁금했다.

"천사들이 그만큼 강력했던 거야?"

한주혁이 무슨 소리하냐는 듯 피식 웃었다.

"장난하냐?"

"아냐?"

"대천사들도 나한테 상대가 안 되는데 무슨."

"그러면 숫자가 너무 많아서 그런 거야? 아니면 성가나 황금 방패가 그만큼 강력했다든지……."

한주혁이 고개를 저었다. 내 동생. 아무래도 오해를 단단히 하고 있는 것 같다.

"내가 그냥 완전 소멸시켜 버리면 이런 현상이 벌어지겠냐?"

이런 현상. 즉, 하늘에서 '레인보우 스톤'이 떨어져 내리고 있는 이 현상. 셀 수도 없이 많은 스톤이 떨어지고 있는 이 현상.

한주혁이 한숨을 내쉬었다.

"힘 조절하느라 힘들었다."

너무 강력한 권능을 행사하면 그들이 품고 있는 아이템마저 모조리 소멸되니까, 힘 조절을 해야 했다. 그래서 땀 한 방울이 났다.

한세아는 황당한 듯 되물었다.

"……아이템은 안 소멸시키려고?"

"어. 그냥 죽일 듯이 패는 거보다, 적당히 패는 게 더 어려워."

"……아, 응. 맞아. 그렇지. 응……. 오빤 그런 사람이었지."

오빠에게 많이 익숙해졌다 생각했는데 아직도 갈 길이 먼 것 같다.

그때 제9장로. 팬더로부터 연락이 왔다. 한주혁이 올림푸스에 다시 접속한 진짜 이유. '광폭화의 실마리'에 관한 연락이었다.

-주군! 단서를 조금 찾았습니다!

-말해봐.

-그것이…….

팬더의 보고를 들은 한주혁이 씨익 웃었다. 일이 재미있게 됐다.

'그렇단 말이지?'

10장

호크의 질문

중국에 '블랙 샤크'가 존재했다면 미국에는 '레이븐'이 존재했다. 레이븐은 떠오르는 차세대 플레이어이자 골든 패트리엇을 이끄는 수장이기도 했다.

-절대악은 자신의 이득을 위해 우리 미국을 희생시켰습니다. 카를로스 평야에 자신을 위한 거대 곡창지대를 만들었고, 자신의 이익을 놓치기 싫어 NPC들과 극도의 대립각을 세우고 있습니다.

중국의 양상과 꽤 비슷했다.

-절대악은 '공정한 부의 재분배'를 주장하며 정의로운 사회를 만들기 위하여 노력하고 있다고 주장하고 있습니다.

물론 한주혁은 그렇게 직접 주장한 적은 없다. 그냥 한주혁이 했던 행동들이 대부분 상식적으로 맞는 행동이고, 이렇다

할 정치적 계산 없이 맞는 행동을 했을 뿐이다. 그랬더니 세상의 영웅이라는 호칭이 주어졌고. 어쨌거나 사람들은 절대악이 정의로운 사회를 만들기 위해 노력하는 영웅이라고 생각하고 있다.

-그것은 결코 공정하지 않습니다. 노력한 자들을 짓밟는 역차별입니다.

절대악은 길드 혹은 연합의 사냥터 독점을 인정하지 않는다. 누구나 자유롭게 이용할 수 있도록 만들었다. 그것은 원래 없던 사람들에게는 기회였지만, 원래 있던 사람들에게는 재앙이었다. 사냥터를 독점할 수도 없고, 좋은 정보도 공유해야 한다.

레이븐은 한국에 대해 어느 정도 공부를 끝마치고 전략적으로 움직였다. 한국에서는 뭐만 하면 좌파 논리 혹은 포퓰리즘이라며 서로를 공격했고, 그것은 어느 정도 실효성을 분명 가진 전략이었다.

-그런 것들은 사회주의나 다름없습니다. 우리들이 응당 가져야 할 권리들을, 우리가 강하다는 이유로 빼앗겼습니다.

레이븐의 목표는 단순했다. 많은 플레이어들을 선동하여 자신의 편으로 끌어들인 뒤, 군자금을 조성한 뒤 그것을 꿀꺽하는 것. 지금은 세계가 멸망할지도 모른다는 '세계 종말론'까지 일어나고 있는 판국이다. 혼란을 틈타 레이븐은 그 기세를 넓혀갔다.

-그는 결코 세계의 영웅이 아닙니다. 면면들을 살펴보면, 절대악은 결코 자신의 이익에 해가 되는 행동을 한 적이 없습니

다. 우리들은 일어서야 합니다. NPC와 대적할 이유가 없습니다. 오히려 친N파가 된다면, 이후 귀족과 같은 권리를 누리며 살아갈 수도 있습니다.

저소득. 백인층을 중심으로 하여 레이븐에게 힘이 모이기 시작했다.

그 사이, 팬더는 이렇게 보고했다.

-칸트의 영향 때문에 광폭화와 관련된 시설을 러시아 쪽으로 옮긴 것 같습니다.

칸트는 벌써 모르골 제국의 1/3 이상을 먹어치웠다. 처음이 어려웠지 그다음은 쉬웠다. 12장로. 생명수의 권좌. 거기에 더해 '태초의 가디언'들까지 합세했다. 모르골 제국을 야금야금 점령해 나갔다. 그래서 그들은 '광폭화 시설'을 러시아 쪽으로 옮겼다. 팬더가 그 흔적을 발견했고.

-러시아?

한주혁도 지구에서 무슨 일이 벌어지고 있는지 안다.

여전히 '친N파'를 주장하는 사람들이 존재한다. 적의 적은 친구라고 했는가. 한주혁 자신을 적으로 생각하는 이들도 분명히 있다. 세계의 인구는 70억이고, 그 모두가 같은 생각을 할 수는 없으니까.

'러시아 쪽이라.'

러시아 쪽도 NPC와의 전쟁이 한참이다. 다만 러시아는 여론이 거의 하나로 통일되어 있는 상태. NPC는 용서할 수 없는 적이며, 러시아는 NPC와의 타협을 결코 하지 않는다. 그것이 여론인 상태다.

'러시아 쪽에 게이트도 있겠다.'

겸사겸사 가보면 좋을 것 같다.

한주혁은 즉시 강재명에게 연락을 취했다.

-……이러한 이유로 러시아로 넘어가도록 하겠습니다.

-알겠습니다.

강재명은 속으로 쾌재를 불렀다. 절대악께서 러시아로 넘어간단다. '광폭화의 실마리를 찾아서'라는 퀘스트를 진행 중이라고 했다. 절대악의 걸음 하나하나가 곧 세계의 역사. 강재명은 절대악이 러시아로 넘어간다고 발표했다.

그것을 두고 수많은 사람들이 설전을 벌였다.

-절대악 기분 나빠져서 그런 거 아님?

사실 그간 한주혁은 러시아보다는 미국과 친하게 지내왔다. 미국에 상당히 우호적인 사람이다. 사람들이 판단하기에는 그렇다. 그런데 갑자기 미국이 아닌 러시아로 향했다니.

-레이븐인가 뭔가 하는 놈이 나서서 절대악 욕하고 다닌다더니…….

-그래 봤자 절대악 눈에는 개허접일 텐데 신경이나 쓰겠음?

-근데 왜 갑자기 러시아로 감? 미국에도 게이트 나타났는데.

한주혁은 실제로 '광폭화의 실마리를 찾아서' 러시아로 넘어가는 거다.

한주혁은 한세아에게 이렇게 말했다.

"그런 피라미까지 신경 쓰게 생겼냐?"

태르민도 상대해야 하고, 비록 약하긴 하지만 어쨌든 천사들의 군대도 상대해야 하고, 광폭화의 실마리도 찾아야 하며, 결국에는 모르골과 에르페스를 집어삼켜야 하는데. 레이븐인지 레이블인지 뭔가 하는 그런 허접 하나에게 신경 쓸 여유도, 필요도 없다. 혼자서 알아서 떠들라지. 애초에 신경조차 안 썼다.

많은 세계인들은 미국을 비난했다.

-역사를 잊은 인류에게 미래는 없음.

-중국 문 타이거 사건이 얼마나 지났다고…….

-봉화대 사건이 얼마 지나지도 않았음.

그런데도 또 선동당해 반 절대악을 외치며 '친N파'를 자처하고 있는 꼴이라니.

-그러니까 절대악한테 외면당하지.

-근데 사실 엔젤스 아미 생각보다 약한 거 아님? 절대악이 숨 한 번 쉬니까 죽던데.

강하다. 약하다. 이런 개념은 언제나 상대적인 거다. 더욱 강한 사람 앞에 있으면, 아무리 강한 사람도 약해 보이게 마련이다. 아무리 약한 사람이라도, 더 약한 사람 앞에 있으면 강해 보이게 마련이고. 천사들의 군대가 딱 그랬다.

성가가 울려 퍼졌다. 그와 동시에 미국은 접속 위험 국가가 됐다.

-천사들의 군대는 파죽지세로 플레이어들에게 선택을 강요하고 있으며…….

퀘스트. '천사들의 심판'의 (2)번 선택. '천사들과의 협정'을 맺지 않으며 그 자리에서 사냥당했다. 미국 플레이어들 약 400여 명이 (1)번을 받아들였다가 실제로 사망하는 일이 발생했다.

-플레이어들은 천사들과의 협정을 맺고서 NPC에게 절대적인 복종을 맹세하였습니다.

그것은 단지 굴욕적인 사건이 아니었다.

-절대적인 복종에 따라 NPC들의 허락이 없으면 로그아웃조차 불가능해졌으며…….

말 그대로 노예화가 되어버렸다. NPC 한 명을 찾아 무조건적인 주인으로 섬겨야 한다. 그래야 로그아웃이라도 할 수 있다. 당연한 말이지만, NPC들은 어지간해서는 로그아웃을 시켜주지 않았다.

그 사이. 러시아에 도착한 절대악 일행은 러시아 플레이어들의 환호를 받았다. 러시아 최대 연합. 이번 '천사들의 심판'으로 인해 큰 피해를 입은 '검객 연합'의 호크가 한주혁을 직접 맞이했다.

러시아를 대표하는 호크가 머리를 숙였다. 수많은 카메라가 존재하는 이곳에서. 러시아의 대표는 마치 자신이 절대악의 오랜 부하라도 된 것처럼, 자연스럽게 허리를 숙였다.

"친구의 나라. 러시아를 도와주심에 감사드립니다."

한주혁은 자연스럽게 인사를 받았다.

"일단 게이트부터 없애죠. 어디 보자."

성족들은 대부분 강하다. 그들의 마나는 강력한 파장을 일으키며, 그다지 집중하지 않아도 어디에 있는지 알 수 있을 정도다. 눈살을 찌푸렸다.

"플레이어들을 학살하고 있네요."

그래서 말했다.

"천사들의 군대를 다 없앨 때까지. 모든 접속을 중단하세요. 천사들과 만나봐야 좋을 게 없으니까. 군대는 제가 처리합니다."

그것은 곧 통역가에 의해, 이렇게 해석되었다.

-위험 부담은 오로지 나 혼자 집니다.

그렇게 말한 것은 아니지만 어쨌든 뜻은 비슷했고 러시아 국민들은 열광했다. 저 작은 나라에서 어떻게 저런 플레이어가 나올 수 있는지. 그들의 열기에 절대악 폭풍이 더욱 크게 타올랐다.

'여러모로 귀찮게 하네.'

마침 잘 됐다. 거리가 멀다. 이 정도면 진언을 제대로 사용해도 될 것 같다. 저번에는 너무 가까워서 힘 조절하느라 고생했다. 거리가 먼 만큼, 진언의 세기도 약해질 터.

'음. 뭐라고 해야 약발이 잘 들까?'

이렇게 한번 말해봤다.

"왕의 허락 없이 이 땅을 침범한 자. 무위로 돌아가리라."

절대자. 황제의 권위를 가득 실었다. 시스템은 이 말을 절대자의 절대 명령으로 받아들일 터.

'소멸의 안개'가 또다시 피어오르기 시작했다. 플레이어들을 학살하던 수십만의 성족들이 그 자리에서 증발했다.

당연한 말이지만, 이 모든 내용이 전파를 타고 전 세계에 전해졌다.

한주혁이 인상을 잔뜩 찡그렸다.

'제기랄.'

중국에 나타났던 놈들이 '진짜'였다면, 이놈들은 '가짜'였다.

'뭐가 이렇게 약해?'

거리가 멀어서, 비교적 안심하고 힘을 사용했는데 놈들의 존재 자체가 완전히 지워져 버렸다. 꼬꼬가 아무리 쪼아대도 아무것도 나오지 않을 정도로. 그야말로 완전 소멸.

'아 짜증 나네.'

레인보우 스톤을 또 얻을 수 있는 좋은 기회였는데.

'이렇게 멀리 떨어져 있는데.'

직선거리로 약 10㎞는 떨어져 있다.

'근데도 한 방이라고?'

한 방에 죽는 건 괜찮은데, 아이템은 드랍해야 하는 거 아니겠는가. 그냥 드랍을 바라는 것도 아니고. 히든 피스를 찾는 특수펫 '꼬꼬'를 이용해서 빼내겠다는데.

'에라이. 양심 없는 새끼들.'

이 정도 거리에서도 힘 조절을 해야 될 줄은 몰랐다.

-베르디. 레인보우 스톤과 관련한 연구는 잘 진행되고 있나?

-네. 그렇사와요. 지구의 과학자들이 꽤 훌륭한 것 같사와요. 베르디는 올림푸스와 지구를 넘나들며 다각도로 모든 연구와 준비를 하고 있답니다.

베르디는 요즘 비밀리에 서울대학교 박사들과 함께 연구를 진행 중이다. 이번에 '레인보우 스톤'이 연구 항목에 추가됐다.

"어쨌든 다 끝났네요."

떨떠름해진 호크가 물었다.

"다…… 말입니까?"

호크는 아직 10㎞ 떨어진 곳의 영상을 받아보지 못했다. 뭐가 다 끝났다는 건지 이해하지 못했다. 귓말로 보고가 올라오기 전까지.

'천사들을 다 사냥했어.'

지금은 눈에 보이지도 않는데.

"이제는 게이트 없앱니다. 저거 있으면 계속 내려올 테니까."

"……."

호크는 아무런 말도 하지 못했다. '소멸의 안개'가 게이트를 집어삼키는 것을 그저 바라볼 뿐.

'이 사람의 능력의 끝은 어디인가.'

여기가 끝인가 싶으면 또 다른 세계를 보여주고, 그 세계가 끝인가 싶으면, 또 다른 차원을 보여준다. 한계. 끝이라는 단어를 전혀 모르는 사람 같다.

호크가 조심스레 물었다.

"아서 님. 한 가지만 여쭈어도 되겠습니까?"

"얼마든지요."

"러, 러시아는 아서 님의 친구지요?"

"음."

순간, 호크는 침을 한 번 삼켰다. '예'냐 '아니오'냐에 따라서 러시아의 국격이 달라진다. 국가의 급수 자체가 변동된다. 저 한 마디에. 사실 이 상황을 지켜보고 있는 러시아의 대통령도 함께 침을 삼켰다.

침을 삼킨 정도가 아니라 식은땀을 흘리며 긴장했다. 절대악의 입에 집중했다. 무슨 말이 나올지.

"그렇죠. 친구죠."

호크는 안도의 한숨을 내쉬었다. 진심을 담아 말했다.

"다행입니다."

이로써 러시아의 국격이 세 단계는 높아졌다. 절대악이 직접 '친구'라고 인정해 줬으니까. 절대악과 친구를 맺은 국가. 세상에서 한국 다음으로 가장 안전한 국가 아니겠는가. 국격이 순식간에 높아졌다.

문득, 한 가지가 더 궁금해졌다.

"정말 죄송한데, 딱 하나만 더 여쭤도 될까요?"

"그럼요. 많이 물어보셔도 됩니다. 아이템의 성지. 러시아로부터 저도 꽤 도움을 받았으니까요."

호크 정도로 자신에게 호의를 보이는 사람에게 질문 몇 개 정도 대답해 주는 건 어려운 일도 아니다.

한주혁의 행동은 늘 단순했다. 자신에게 호의를 베푸는 이에게는 호의로 답하고, 적의를 보이는 이에게는 적의로 답하고. 원수도 잊지 않고, 은혜도 잊지 않는다. 심플한 행동 강령이다. 사람들이 제멋대로 해석하고 착각할 뿐.

호크가 쭈뼛거리며 물었다.

"그……."

한주혁의 입장에서, 호크의 질문은 꽤 신박했다.

올림푸스는 통역 시스템을 지원한다. 각 사용자의 언어를 다른 언어로, 최대한 자연스럽게 전환하여 플레이어에게 전달한다. 거의 모국어에 가깝게. 어쩌면 모국어보다도 더 정확하게 전달한다.

"미국 그 샹놈 새끼들은 도와주실 겁니까?"

"……예?"

한주혁이 피식 웃고 말았다. 러시아어로 뭐라고 말했는지는 모르겠지만 일단 한국어로는 '샹놈 새끼'라고 들렸다.

"레이븐인가 뭔가 하는 놈이 나서서 생쇼를 하고 있다던데요."

"아…… 예. 뭐. 대충 듣기는 했는데요."

듣기는 했다. 별로 신경 쓰지 않을 뿐.

"그래 봐야 지지하는 사람 얼마 안 돼요."

"그래도 아주 무시할 정도의 수준은 아니라고 했습니다. 최소 수만 명 정도는 되는 것 같던데요."

"3만 명이라 쳐도. 3억 중에 3만이면…… 0.01퍼센트 정도인데요. 있으나 마나한 숫자죠."

한주혁이 어깨를 으쓱했다. 단순히 3만 명이라고 말하면 많은 것 같지만 미국 인구 3억 중에 3만이면 얼마 안 되는 숫자다. 3만이 모여서 목소리를 내고 있으니 크게 느껴질 뿐.

"그래도 너무 괘씸하지 않습니까?"

호크는 마치 자신의 일이라도 된 것처럼 울분을 토했다. 미국. 그놈들은 의리도 없고 뭣도 없다. 호크는 그렇게 생각했다.

"예. 뭐."

한주혁은 말끝을 흐렸다. 호크가 자신을 위해 화를 내주는 것 자체는 고마우나, 사실 한주혁은 별생각이 없다.

호크는 거기서 탄식하고 말았다.

'그릇이 다르다.'

확실히 절대악은 그릇이 다른 사람이었다. 자신이었다면 어떻게든 엿을 먹였을 거다. 레이븐인지 뭔지 하는 놈의 머리에 총구멍을 내줬을지도 모를 일이다. 아니, 애초에 정부에서 그렇게 했을 거다. 절대악의 기분이 상하지 않도록, 정부 차원에서 관리를 했을 거다.

호크는 한주혁을 힐끗 쳐다봤다.

'여유로운 게 아니라.'

여유로운 것도 그냥 여유로운 게 아니었다.

'아예 신경조차 안 쓰고 있다.'

주변에 날아다니는 날파리 한두 마리를 그다지 신경 쓰지 않듯, 미국 저소득층 백인을 중심으로 한 '절대악 타도' 혹은 '친N파'를 주장하는 무리들을 그다지 신경 쓰지 않고 있다.

"절대악의 배포에 다시 한번 감탄합니다."

호크가 물었다.

"그러면 미국은 어찌하실 생각이십니까? 러시아에 체류하실 거라고 들었습니다만……."

어쨌든 천사들의 군대를 막으려면 절대악이 움직여야 한다. 그런데 발표는 '퀘스트를 위해서 러시아에 왔다'라고 했다. 호크는 그것이 '대외적인 명분'인 줄로만 알았다.

"예. 퀘스트를 클리어해야 하니까요. 중요한 퀘스트거든요."

"물론입니다. 저희는 절대악의 퀘스트 클리어를 위하여 모든 지원을 아끼지 않겠습니다."

이쯤 되니 호크는 슬슬 헷갈리기 시작했다.

'미국이 싫어서 안 도와주는 건 아니야.'

그건 확실했다. 싫어하고 자시고 할 것도 없다. 미국이라는 변방 오랑캐(?)의 작은 움직임 따위는 신경도 쓰지 않는 대인배 아닌가.

'그럼 러시아에 체류하겠다는 건…… 진짜로 퀘스트가 존재한다는 소리.'

사람들은 전부 착각 중이다. 미국이 실수해서, 절대악이 기분 나빠서, 그래서 미국으로 안 갔다고. 러시아보다 더 친밀했던 미국을 일부러 안 도와주고 있다고. 퀘스트를 클리어해야 한다는 명분을 가지고서 러시아만 지켜주러 갔다고. 호크는 그게 아니라는 것을 확실히 깨달았다.

'아……!'

호크의 팔뚝에 소름이 돋았다. 그는 알 수 있었다.

'절대악이 직접 가지 않아도.'

그럼에도 불구하고 천사들의 군대를 처리할 수 있는 방도가 있구나. 인류가 천사들의 군대를 보고서, '인류의 종말'을 생각할 때. 절대악은 보다 높은 차원의 시야를 가지고서 세상을 바라보고 있었다. 사람들이 그것을 몰라볼 뿐.

'그렇구나.'

큰 깨달음을 얻었다. 문득, 뒤에 서 있는 루펜달이 부러워졌다.

"루펜달 님. 부럽네요."

루펜달과 호크를 제외하고서, 그 누구도 그 뜻을 깨닫지 못했다. 오로지 루펜달과 호크만 그 뜻을 깨달았다.

루펜달이 씨익 웃고서 호크에게 귓속말을 보냈다.

-대놓고 찬양할 수 있다는 게 얼마나 자랑스러운 일인지 모르겠습니다. 후후.

-…….

호크는 대답하지 않았지만 루펜달은 고개 한 번을 끄덕여 주었다.

루펜달은 호크의 입장을 이해했다. 저래 봬도 러시아를 대표하는, 러시아 최강의 플레이어다. 절대악 등장 이전에는 세계의 최고 랭커들 중 한 명으로써 군림했었다.

'비교 대상이 형님이라서 그렇지.'

사실 어딜 가도 존경받을 만한 위치의 인물이다.

'함부로 형님을 찬양할 수 없는 위치.'

호크의 심정을 잘 이해해 줬다. 호크의 마음을 잘 헤아려 준 루펜달이 피식 웃고서 귓말을 또 보냈다.

-나중에 만나서 커피나 한잔해요. 형님의 생생한 무용담. 듣고 싶죠?

레이븐은 이렇게 주장했다.

-미국은 버림받았다. 이런데도 주야장천 절대악에게만 도움을 요청해야 하는가?

절대악은 전 세계를 상대로 거짓말을 했다. 적어도 레이븐은 그렇게 생각하고 그렇게 주장했다.

-절대악은 러시아로 먼저 간 것도 모자라, 아예 러시아에 눌어붙어 있겠다고 공표했다! 이것은 명백히 미국과의 신의를 배신하는 일이다!

저소득 백인층을 중심으로 하여 밀집한 레이븐의 세력은 점점 덩치를 키워갔다.

"절대악에게 빌붙느니 차라리 NPC에 붙겠다!"

"NPC와 함께하는 것이 차라리 우리 것을 지킬 수 있을 듯."

지금은 아직 NPC와 플레이어 간의 어떠한 관계가 성립되기 전이다.

레이븐은 물 밑에서 이렇게도 속삭였다.

-귀족이 될 수 있습니다.

NPC들과 친분을 다지기 위해 절대악을 제물로 바쳐야 한다고 목소리를 높였고, 결국에 그것은 '크라우드 펀딩' 형태로 기금 모금을 시작했다.

-우리에게 투자하십시오. 절대악을 사냥하겠습니다, NPC들과의 협상에서 충분히 좋은 관계를 만들어낼 수 있을 것입니다. 우리가 곧 새로운 세계의 주인이 될 수 있습니다.

제3자의 입장에서 보면, 그리고 절대악의 능력을 조금이라도 알고 있는 이라면 현혹되지 않을 말이지만, 선동과 군중심리라는 것이 참으로 오묘했다.

올해 33세. 무직. 토마스는 레이븐은 극도의 배신감에 치를 떨었다.

"절대악 자식. 힘 좀 생겼다고 으스대는 꼴이라니."

그것도 동양의 작은 나라 출신. 중국도 아니고, 일본도 아닌, 한국이라는 듣도 보도 못한 조그마한 국가 출신. 흑인보다 못한 동양인 주제에.

"엄마. 크라우드 펀딩에 투자할 거야. 돈 좀 빌려줘. 아. 확실하다니까. 제대로만 하면 거의 새로 태어나다시피 할 수 있어. 진짜야. 선점 효과 몰라? 우리가 모든 것을 선점할 거야."

절대악을 제물로 바치면 NPC들과의 관계에 있어서 굉장히 유리할 거다. 토마스뿐만이 아니라 수많은 사람들이 레이븐의 주장에 현혹됐다. 레이븐에게 '군자금' 혹은 '투자'라는 이름으로 돈을 보내왔다.

얼마 후. 레이븐은 종적을 감췄다.

몇몇 기사들에서 레이븐에 관한 이야기를 다루었다.

-송금된 코인이 무려 20억 골드에 달하며…….

올림푸스 화폐인 '골드'를 '올림푸스 내'에서 '자발적'으로 보냈다는 것이 중요했다. 투자 혹은 거래로 직접 넘겼다. 이러한 경우 처벌도 어렵다. 올림푸스에서 사람을 죽여도 벌을 받지 않는 것과 비슷했다.

미국 시민들을 기만한 레이븐은 시민들을 배신했다. 그러한 기상천외한 일이 벌어지는 와중에, 미국 땅에 한 NPC가 모습을 드러냈다.

"내가 바로."

하늘을 향해 크게 외쳤다.

"젤르두아의 패자!"

주변을 한번 살폈다. 주변에 꼬꼬는 없었다. 가슴을 크게 펴고 당당하게 외쳤다.

"절대악의 펫 1호! 푸락셀이다!!"

혹시 몰라 다시 한번 살폈다. 꼬꼬가 있으면 당장에라도 날아와 머리를 쪼아댈 텐데, 다행히 꼬꼬는 없었다. 당당하게 펫 1호라고 외쳐도 될 것 같다.

이주랑이 말했다.

"이동하시죠."

이주랑은 푸락셀을 한심하게 보지는 않았다. 절대악의 펫 1호가 되고자 하는 욕망을 나름대로 이해했기 때문이다.

"어벤져스 연합의 캡틴에게서 좌표를 받았습니다. 다시 한번 이동합니다."

이주랑과 푸락셀이 '엔젤스 아미'에게 향했다. 엔젤스 아미의 위치는 여전히 '카를로스 평야'.

그곳에 도착한 이주랑이 눈에 쌍심지를 켰다.

'감히……!'

카를로스 평야는 곡창지대다. 절대악의 것이라 할 수 있는 곡식들이 엄청나게 많이 난다. 그런데 모두가 불타 버렸다.

'주혁 씨의 재산을……!'

비록 자신이 한주혁의 아내는 아니지만, 여자친구도 아니지만, 그래도 화가 났다. 한주혁의 것을 다치게 했다는 것에 분노했다.

평소 감정 표현을 잘 하지 않는 이주랑이 이를 바드득 갈았다.

"이빨부터 뽑아버리겠어."

"……."

푸락셀은 짐짓 딴청을 피웠다. 못 들은 체했다. 괜히 잘못 걸렸다가는 자신이 다칠 것 같다. 무력은 분명 자신이 이주랑보다 강할 것 같지만, 그래도 괜히 무서웠다.

"자, 쇼 타임이다!"

푸락셀이 '가든 다이아몬드'를 꺼내 들었다. 그곳에서 수많은 라이폰들이 튀어나왔다. 천사들의 천적이라 할 수 있는 라이폰들이 평원에 활개 치기 시작했다.

라이폰만 모습을 드러낸 게 아니었다. 이주랑이 인벤토리에서 수많은 마족의 뿔을 사용하여 마족들을 불러냈다. 이것은 시르티안의 안배였다. 마계에 아이템을 공급하면서 맺었던 계약들. 그것이 이제 빛을 발했다.

마족들. 적어도 수천 단위의 마족들이 모습을 드러냈다.

"너희들의 날개를 찢어주마."

과거보다 더 강력해진 마족들이다. 아이템으로 무장한 마족들이 천사들과 싸우기 시작했다. 라이폰과 마족의 협공은 '천사들의 군대'를 순식간에 무너뜨리기 시작했다.

-절대악은 미국을 버리지 않았다.

-섣부른 판단이 오해를 낳은 법.

절대악은 정말로 퀘스트를 진행하기 위하여 러시아로 갔다. 대신 그 부하들을 보냈다.

-수천의 마족들. 그들은 절대악의 군대인가?

절대악 휘하의 장로들은 이미 유명하다. 그들과 더불어 이번에 '태초의 가디언'이 또 유명해졌다. 그런데 여기에 더해 수많은 마족들까지 더해졌다. 뿐이랴. 젊은 영웅 칸트와 대도 블랙이 이끄는 대군단은 물론이거니와 현실에서도 엄청난 힘을 발휘하는 방주 드라칸까지 보유하고 있다.

-세력 면에서도 절대 뒤지지 않는 절대악.

-절대악. 거대한 세력을 형성하다.

-끝없이 공개되는 절대악의 새로운 패.

-천사들의 군대에 대항하는 마족들의 군대.

이것이 의미하는 바는 간단했다. 절대악은 더 이상 혼자가 아니다. 희망이 없을 것 같았던 NPC와의 전쟁. 절대악이 있고 없고의 차이는 극명했다.

-인류는 NPC와의 전쟁에서 승리할 수 있을지도 모른다.

승리할 수 없다가 아니라, 이제는 승리할 수 있을지도 모른다가 되었다.

란돌이 차를 마시며 고개를 끄덕였다.

"딱 한 명. 절대악의 존재로 인해."

변수는 많지 않았다. 변수는 단 하나, 아니, 단 한 명이었다. 그 한 명으로 인해 역사가 바뀌고 있다. NPC와의 전쟁에서 승리할 수 있을 것 같다는 예감이, 아니, 확신이 든다.

'나의 친우. 절대악이 직접 간 것이 아님에도 불구하고…….'

미국도 손쓰지 못하고 있던, 미국을 '접속 위험 국가'로 만들어 버렸던 '엔젤스 아미' 문제를 순식간에 해결해 버렸다. 그 휘하의 군단을 움직였을 뿐인데도 말이다.

란돌은 마치 자신의 일인 것처럼 흐뭇하게 미소 지었다.

'이제는 1인 군단이 아니라, 군단을 거느린 황제가 됐어.'

한편, 서울대학교의 아이템 연구팀에서는 새로운 사실을 하나 발견했다.

베르디가 폴짝폴짝 뛰었다.

"이야. 너희들 생각보다 제법 쓸모가 있구나! 누나가 예뻐해 줄게. 아이 착하다. 우리 애들. 공부 열심히 했네! 주군께서도 기뻐하실 거야."

베르디는 황급히 여의도로 향했다. 올림푸스에 접속해서, 이 기쁜 소식을 주군께 직접 전하기 위해. 그녀는 곧장 러시아 기반 대륙으로 이동해서 바로 귓말을 사용했다.

-주군! 베르디가 아주 멋진 사실을 발견했사와요!

11장
이건 좀 심했네요

베르디는 굉장히 흡족했다.

"홍홍홍. 여러분. 그래도 쓸모없는 인간들은 아니…… 아니, 이게 아니지. 호호호. 제 말은 잊도록 하세요. 다시 칭찬할게요. 당신들은 제법 괜찮은 인간들이었군요. 생각보다 훨씬 똑똑했어요."

서울대 연구진은 조금 황당했다. 그래도 한국에서 가장 엘리트라 자부하는 이들이다. 그런데 이들을 대표하는 심형진 교수는 말을 더듬었다.

"그, 그, 그렇게 생각해 주시니 감사합니다."

"그래요. 잘했어요."

심형진 교수는 베르디의 칭찬이 마치 어린아이에게 '참 잘했어요!'라고 말을 하는 것과 비슷하다는 느낌을 받았다.

'그래. 이 정도 칭찬이면 감지덕지지.'

베르디의 칭찬은 아마도 진심 같다. 대마법사가 보기에 자신들은 초라한 존재일 거다. 그런데도 베르디는 진심으로 칭찬했고 서울대 연구진은 그 칭찬에 감사할 수밖에 없었다. 왜냐하면 상대가 베르디니까. 절대악의 부하들 중에서도 최상위로 군림하는 12장로 중 한 명, 제5장로 베르디였으니까.

베르디는 꽤 예의 바른 태도로 얘기했다.

"과학 기술력이라는 게 생각보다 아주 유용해요. 제 편견을 조금 깨는 계기가 되었네요."

"그, 그렇습니까? 그래도 마법에 비할 바는 못 되는 것 같습니다. 칭찬에는 감사드립니다."

심형진 교수의 심장이 쿵쿵 뛰었다. 베르디 앞에서 저절로 긴장이 됐다. 베르디의 존재는 압도적이었다. 교수진이 느끼는 베르디는 해일과도 같았다. 가만히 서 있기만 해도 뿜어지는 절대존재의 압도감. 그들은 베르디를 실제로 보기 전까지, 이러한 기분을 느껴본 적이 없었다.

심형진 교수는 공손히 서서 베르디의 다음 말을 기다렸다. 저 가녀린 체구에서 어떻게 이런 존재감이 나올 수 있는지 모르겠다.

'감히 항거할 수 없는 느낌.'

손가락 하나 까딱해서 자신들을 몰살시킬 수 있는 대마법사. 불가사의한 힘을 가진 존재. 심형진은 분명 그렇게 느꼈다.

'그런데…….'

그런데 놀라운 건.

'이 베르디가 절대악 옆에 서면…….'

절대악 옆의 베르디는 철부지 어린아이 같았다. 영상 속으로 봤을 때에도 그랬고, 실제로 한번 봤을 때도 그랬다. 그때에는 베르디가 이렇게 압도적인 존재감을 뿜어내는 사람(NPC)인 줄 몰랐다.

'그러면 절대악은 도대체 어떤 사람이란 말인가.'

절대악과 직접적인 관계는 없다. 그저 세계를 구하는 영웅. 세계가 우러러보는 영웅. 한국의 국격을 몇 차원은 드높인 전설적인 인물. 살아 역사하는 인물. 그냥 이 정도로만 느끼고 있다.

'이 베르디의 존재감을 무로 돌려 버리는 사람.'

새삼스레 절대악의 무게가 느껴졌다.

절대악이 어떤 인물인지, 좀 더 명확하고 구체적으로 느껴졌다. 베르디의 존재로 인해서.

그것은 비단 심형진 교수만의 느낌은 아니었다. 서울대 교수진 전부가 그렇게 느꼈다. 베르디를 통해 절대악의 벽과 위상을 간접적으로 혹은 직접적으로 느꼈다.

베르디가 말했다.

"계속 말씀해 보세요."

심형진 교수가 목소리를 가다듬고 베르디 앞에서 발표 아닌 발표를 했다.

“레인보우 스톤에서 나오는 특수한 형태의 자기장을 발견하였습니다. 그것에 일정 주파수를 가진…….”

“결론만요. 저는 과학을 몰라요. 클라이언트에게 과정은 중요하지 않아요. 결과가 중요할 뿐.”

클라이언트가 맞기는 했다. 지구에는 존재하지 않는 마법력을 공급하면서, 지구상에서 유일무이하게 ‘레인보우 스톤’을 제공해 줄 수 있는 엄청난 클라이언트.

“결과적으로 이것으로 거의 완벽에 근접한 보호장을 만들어낼 수 있을 것 같습니다. 이를테면…….”

심형진 교수는 말을 조금 아꼈다. 아직 이론 단계라서 확실한 건 아니다.

“말해보세요.”

“말씀드리기 조금 어렵지만…….”

한 번 더 헛기침을 한 뒤 말을 이었다.

“여의도에 있는, 현재는 제우스 존이라고 알려진 그곳의 돔과 비슷한 형태의 방어막을 만들어낼 수 있을 것 같습니다. 레인보우 스톤을 활용한 방어장을 일단은 레인보우 실드라고 이름 붙였습니다.”

레인보우 실드. 일단 이름은 그렇게 중요하지 않았다. 방어장을 만들어낼 수 있다는 것이 중요할 뿐.

그런데 여기에는 문제가 있었다.

“레인보우 스톤은 천사에게 드랍되는 것으로 알고 있습니다.”

"그렇죠."

그런데 천사들의 숫자가 무한정 공급되는 것은 아니다.

"레인보우 실드를 만들어내기 위해서 레인보우 스톤이 천문학적으로 필요하다는 것입니다."

"흠."

베르디는 거기서 만족하지 못했다. 방어장을 만들 수 있다는 건 알겠는데, 레인보우 스톤의 수량에는 한계가 있다.

베르디의 눈이 가늘어졌다.

"일단 말을 꺼내는 걸 보면, 방법이 있다는 거죠?"

심형진 교수는 침을 꿀꺽 삼켰다. 말 한마디 잘못했다가는 목이 날아갈 것만 같은 착각이 들었다. 실제로 여기서 죽는다고 해도, 이 사건은 조용히 묻혀지게 될 거다. 왜냐하면 상대가 절대악의 12장로 중 한 명이니까.

물론, 베르디는 그런 가혹한 일을 벌일 생각이 전혀 없다. 베르디의 압도적인 존재감 때문에, 심형진 교수 혼자 지레 겁을 먹었을 뿐.

심형진 교수가 조심스레 말을 이었다.

"아직 이론에 불과합니다만……."

그의 말을 들은 베르디가 고개를 끄덕였다. 심형진 입장에서 베르디는 능력 있는 클라이언트가 맞았다. 그 능력을 바탕으로 심형진의 말을 그대로 수용해 주었다.

베르디는 굉장히 협조적이었다.

"잠시만 기다려요. 구해다 줄 테니까."

한주혁이 만족스러운 웃음을 지었다.

-잘했다. 베르디.

레인보우 스톤에는 특별한 힘이 있었다. 레인보우 스톤을 잘게 부순 뒤, 일정 주파수의 진동을 가하면 특이한 형태의 힘이 흘러나온다.

그 양이 일정 수준 이상일 때에 새로운 형태의 '방어장'이 형성된다. 문제는 그때 필요한 레인보우 스톤의 양이 너무나 많다는 것.

'성족들에게서 드랍되는 몬스터 스톤. 성족들을 사냥하는 라이폰. 그리고 라이폰의 먹이인 필라덴피아.'

이들 사이에 어떤 연관이 있는지는 모르겠다. 우연의 일치인지도 모른다. 다만, 한 가지 결론은 확실했다.

-푸락셀에게 미리 연락해 놓겠다. 푸락셀이 필라덴피아의 사육도 담당하고 있으니까.

필라덴피아는 슬라임 형태의 몬스터. 계속해서 분열하고 물리적 공격이 가해졌을 때 그 숫자가 늘어나는 성질을 가지고 있다.

-조만간 한국에 아이템 전송소도 만들 거야.

한주혁이야 거의 자유롭게 지구와 올림푸스를 오갈 수 있지만, 한주혁 외의 다른 사람들은 그것이 어렵다. 다만 한주혁의 권능 중에는 '아이템 전송소'를 설립하는 권능이 존재한다.

-알겠사와요. 필라델피아의 분열 능력이 레인보우 스톤과 반응할 줄은 꿈에도 몰랐지 뭐예요? 한국의 과학자들. 제법 쓸 만한 녀석들인 것 같사와요.

한주혁은 피식 웃고 말았다.

'제법 쓸 만한 녀석들?'

수재들 중에서도 수재. 백수 시절의 자신은 감히 쳐다도 볼 수 없었던 위치의 천재들. 그 천재들을 겨우 '제법 쓸 만한 녀석들'이라고 말하다니. 그런데 그렇게 말하는 사람이 자신의 '충실한 여종'을 자처하고 있다니.

-그분들께 결례 범하지 않도록 조심하고.

어쨌든 한 분야의 정점. 큰 권위를 가진 사람들이 모인 연구 집단이다. 한주혁은 그들을 충분히 존중했다.

-알고 있사와요. 착하고 어여쁜 베르디는 그분들께 꼬박꼬박 존댓말도 하고 있답니다. 그리고 그분들이 필라델피아 샘플이 필요하다고 해서 직접 가져다주기도 했사와요!

귓말을 통해 느껴지는 베르디의 음성에는 '어서 칭찬해 주세요!'라는 강력한 의지가 담겨져 있었다. 강재명을 통해 얼핏 듣기로는 서울대 교수진들이 베르디에게 잔뜩 겁을 먹었다고 했는데, 그게 아닌가 싶기도 했다.

'하기야. 베르디가 겁을 주거나 하지는 않았겠지.'

한주혁의 눈으로 보는 베르디는 어디까지나 착하고 귀여운 어린아이다. 대마법사라는 걸 머리로 알기는 아는데, 그게 가슴으로 와닿지는 않았으니까. 실제로 베르디가 겁을 준 적은 없다. 알아서 겁먹었을 뿐이다. 그런데 그게 베르디의 잘못이라고 볼 수는 없지 않은가.

천세송이 물었다.

"오빠. 무슨 좋은 일이라도 있는 거야?"

"응. 레인보우 스톤을 이용해서 방어장을 만들 수 있대. 제우스 존에 있는 거랑 비슷한 걸로."

"방어장?"

한주혁이 씨익 웃었다.

"현재 기준에서, NPC들이 가진 가장 무서운 무기가 뭐였지?"

"음."

2급 장군도, 1급 장군도 아니다. 인간들의 전쟁에 개입한 성족조차도 말 한마디로 싹쓸이하는 능력을 가진 오빠에게 있어서 '가장 무서운 무기'라고 표현될 만한 것은?

"아!"

하나 있었다.

"뉴클리안!"

베르디의 '핵우산'과 데미안의 방어 능력을 합쳐야 겨우 막아낼 수 있었던 뉴클리안.

"맞아. 그게 현실에 떨어진다고 생각해 봐. 그럼 안 되겠지?"

그렇기에 '레인보우 스톤'을 활용한 '레인보우 실드'는 분명히 전략적 가치가 있었다.

"와. 그럼 뉴클리안을 막아낼 수 있는 수단을 만들 수 있는 거야?"

"맞아."

한주혁이 고개를 끄덕였다.

"저쪽의 패를 하나하나 없애가는 거. 혹은 저쪽의 패를 상대할 수 있는 무엇인가를 얻는 거."

"그거 오빠가 플레이 초기부터 계속해서 해왔던 거잖아."

천세송이 방긋 웃었다. 뭐가 어찌 됐든 좋다. 오빠가 좋아하는 것 같아서 좋다.

'혹시 내 힘이 필요하지는 않을까?'

생각을 해봤다. 성족에게서 드랍되는 레인보우 스톤. 성족을 잡아먹는 라이폰. 라이폰의 먹이인 필라덴피아. 그리고 레인보우 스톤과 필라덴피아를 활용한 방어장 형성. 이 모든 것들이 어느 정도 연관이 있다.

'그런데 이게 현실에 필요하잖아?'

현실에서 그 힘을 발휘할 수 있는 '생명수의 권좌'가 어떤 힘을 부여해 줄 수 있는 건 아닐까.

'혹시 도움이 될지 몰라.'

빠른 시간 내에 서울대 연구팀에게 연락을 해보기로 했다. 어쩌면 오빠에게 깜짝 선물을 안겨줄 수도 있을 것 같다는 생각에 기분이 좋아졌다.

검객 연합의 연합장, 러시아의 대표 플레이어 호크가 한주혁에게 다가왔다. 그는 진심으로 한주혁의 무위에 감탄하며 몇 번이나 감사를 표했다.

그러면서.

“이게 한국식 진솔한 감사의 표현 아닙니까?”

무릎을 꿇고서 어색한 모양새로 절을 하려고 하길래 한주혁이 호크를 일으켰다. 실상이야 어찌됐든 세계 언론이 보기에 그 모습은 마치 러시아가 한국 플레이어에게, 더 나아가 한국에게 고개를 조아리는 모습처럼 비춰졌다.

그렇게 감사의 인사가 끝난 후. 호크가 말했다.

“절대악 님. 지금 퀘스트 때문에 저희 쪽으로 넘어오신 것을 알고 있습니다.”

저 말이 맞다. ‘광폭화의 단서’를 찾기 위해서 이곳으로 왔다. 팬더 찾기로 흔적이 러시아 쪽으로 이어져 있었으니까.

“저희 쪽에서 약간의 도움을 드릴 수 있을 것 같습니다.”

“도움이요?”

호크가 말을 이었다. 호크의 이야기는 제법 상세했다.

“……예?”

다만, 그 말을 들은 한주혁은 황당할 수밖에 없었다.

'이걸…… 감사하다고 해야 할지. 뭐라고 해야 할지.'

그 대단한 절대자도 지금 이 순간, 뭐라고 대답해야 할지 알 수 없었다. 호크가 자랑스러운 얼굴로 자신의 말을 기다리고 있었다. 저 모습에서 베르디의 표정을 봤다. 마치 '저 참 잘했죠?'라는, 칭찬을 향한 강력한 염원을 말이다.

한주혁이 헛기침을 하고서 다시 물었다.

"그러니까…… 다시 한번 말씀해주시겠습니까?"

한주혁은 자신의 귀를 의심해야만 했다. 천세송의 표현에 따르자면, '충성심에 가득한 도베르만' 같은 표정을 짓고 있는 호크를 황당한 듯 쳐다봤다.

'제정신인가.'

한주혁이 보기에 호크는 정말로 자신감에 가득 차 있었다.

"그러니까……. 거의 인사불성으로 만들었다고요?"

"예, 퀘스트를 내놓지 않아서요."

러시아에 한 플레이어가 있단다. 그 플레이어가 한주혁이 플레이하는 '광폭화의 실마리' 퀘스트와 관련된 단서를 가지고 플레이하고 있었단다.

그것을 올림푸스에서 자랑을 했는데, 호크와 러시아 정부가 그 정보를 토대로 그 남자에게 수사망을 좁혀갔다고 했다.

'애초에…… 그게 수사라고 할 수 있나?'

일단 수사라고 하는 것은 범죄자를 잡아가는 과정 아닌가.

"예, 하도 저항하길래 흠씬 두들겨 패서 가둬놓았습니다. 조만간 좋은 소식 들으실 수 있을 겁니다."

"……."

그 남자의 닉네임이 '탈룬네아'라고 했다.

한주혁은 저도 모르게 한숨을 쉬었다.

탈룬네아는 엄연히 피해자다. 잘못이라고 보기에도 어렵지만, 굳이 잘못을 꼽아보자면 그 플레이어가 운 나쁘게 '광폭화와 관련된 퀘스트'를 얻었고, 그것을 자랑했다는 것 정도.

"이건 좀 심했네요. 너무 한 거 아닌가요?"

그 말에 호크는 제대로 오해했다.

"죄, 죄송합니다. 단서를 알아차림과 동시에 저희가 그 퀘스트를 가져왔어야 했는데."

"아니, 그게 아니라요."

한주혁은 간만에 머리가 아파 왔다. 태르민을 상대할 때에도 이렇게 머리가 아프지는 않았던 것 같다.

한주혁이 조금 기분 나빠 보이자 호크는 긴장했다. 친구 사이를 인정받기는 했지만 그래도 한주혁의 눈치를 많이 살필 수밖에 없으니까.

"그, 그러면……?"

한주혁은 다시 한번 한숨을 쉬었다. 아무래도 처음부터 설명을 해줘야 할 것 같다.

"당장 그 사람 풀어주고, 아니다. 제가 찾아갈게요."

러시아 쪽에서 실마리를 찾았는데, 이 실마리를 저렇게 강압적이고 폭력적인 방법으로 풀어낼 생각은 없다.

이렇게 해버리면 한주혁 자신이 그토록 경멸하던 대연합이나 신귀족들과 다를 게 없지 않은가.

오히려 당황한 사람은 호크였다.

"……예?"

정말 기본적인 설명을 해줬다.

"그 사람은 죄인이 아닙니다."

호크는 거기서 깨달음을 얻었다.

'죄인이 아니다!'

그 깨달음 동시에 하나의 명언을 떠올리게 했다.

'이 땅의 사법 정의를 바로 세우라!'

그 명언. 호크는 느낄 수 있었다.

'내, 내가 잘못했구나!'

절대악에게 잘 보이고 싶어서 수단과 방법을 가리지 않았던 것이 화근이었다.

맹목적인 충성을 보이는 충견이 된 것처럼, 목적 외에는 아무것도 보지 못했다.

절대악의 성향. 절대악이 추구하는 진정한 가치. 그러한 것들에는 눈을 두지 못했다.

"죄, 죄, 죄송합니다!"

호크가 90도로 허리를 숙였다.

"절대악께서 조금씩 쌓아가고 계시는 이 땅의 정의를, 제가 제 손으로 더럽혔습니다. 용서하여 주십시오."

절대악이 얼마나 화가 났겠는가. 절대악은 정의로운 사람이다. 호크가 보기에는 그랬다.

호크 자신은 절대악의 정의를 무너뜨린 악인이 되어버렸고.

그 와중에도 조국을 생각했다.

"러시아의 공식 입장과는 상관이 없습니다. 저 혼자 판단하고 혼자 움직였습니다. 부디…… 부디. 러시아를 용서하십시오!"

한주혁은 반쯤 강제로 끌려온 탈룬네아에게 달려갔다.

'아이씨. 진짜.'

공손하게, 정중한 상태로 모셔와도 모자랄 판에. 한주혁의 눈치를 깨달은 호크가 황급히 외쳤다.

전달하기는 했는데 중간 과정에서 누락이 있었던 것 같다. 명백히 자신의 실수였다.

"저, 정중하게 모셔라!"

그 말에 호크의 부하들은 당황할 수밖에 없었다.

"예, 예?"

그 사이 탈룬네아를 묶고 있던 밧줄이 저절로 풀렸다.

한주혁이 물었다.

"괜찮으세요?"

한주혁은 호크를 한번 째려봤다. 충성심에 한 것은 알겠으나 이것은 너무 비인도적인 방법이 아닌가.

그나마 올림푸스에 접속을 했기에 이런 거지, 현실에서는 어느 정도로 다쳤을지 모른다. 러시아는 분명, 이 남자의 신상을 파, 현실에서 잡아 가두었다고 하니까.

"그, 그게……."

탈룬네아는 겁에 질려 있었다. 이곳은 올림푸스 안이다. 어지간해서는 고통도 느끼지 않는다.

죽음도 하나의 현상일 뿐이다. 죽어도 부활한다. 그런데 저렇게 겁을 먹었다. 저것만 봐도, 탈룬네아가 무슨 일을 겪었는지 알 수 있을 것 같았다.

'도대체 사람을 얼마나 괴롭힌 거야?'

한주혁은 도의적 책임을 느꼈다. 일단 사실 관계는 확실히 해야 했다.

"제가 지시한 것이 아닙니다."

그리고 호크를 불렀다.

호크가 직접 사과했다. 죄송하다고. 호크가 허리를 숙이는 것을 본 부하들의 눈이 휘둥그레 커졌다.

'여, 연합장님이……?'

'호크님이 허리를 숙였다.'

심지어 이 자리에는 JTBN의 손석기가 촬영하고 있는 중이다. 전 세계에 이 모습을 보여도 상관없다는 것 같았다. 호크는 그만큼 절실했다.

절대악의 한마디면, 어쩌면 러시아가 몰락할 수도 있다.

물론 한주혁은 그럴 생각이 전혀 없다. 그 정도의 영향력을 행사하고 싶은 생각도 없고 의도도 없다. 호크 혼자 그렇게 생각할 뿐.

어쨌든 호크는 비장한 마음을 품었다.

"책임지라면 책임지겠습니다."

사실 이번 건은 러시아의 특수 부대와 정부가 연루되어 있다.

'내 선에서 끝낸다.'

거의 자결까지 결심할 정도였다. 자신 때문에 러시아가 멸망에 준하는 위기에 처할 수도 있지 않을까 싶었다. 물론 호크 혼자만의 생각이지만.

호크는 제대로 오해했다.

'내 선에서 러시아의 몰락을 막을 수만 있다면.'

모든 것을 자신의 탓으로 돌리기로 했다.

"아니, 제가 책임지겠습니다."

연합장의 자리에서 물러나겠습니다. 전 재산을 기부하여 평생 봉사하고 속죄하는 마음으로 살겠습니다. 그러니 러시아를 향한 분노나 책망은 거두어주십시오. 그렇게 말하려고 했는데 한주혁에게서 의외의 말이 튀어나왔다.

"사과하세요. 이분한테."

"저는 연합장의 자…… 예?"

"사과하시라고요."

"아, 아. 예!"

호크는 군기가 바짝 든 사람처럼 차려 자세를 취하고서 탈룬네아를 향해 또 90도로 허리를 숙였다.

"죄, 죄송합니다. 저희가 큰 결례를 저질렀습니다."

한주혁도 덩달아 사과했다. 러시아가, 자신이 요구하지도 않은 충성심으로 무고한 한 시민을 괴롭혔다.

"저 때문에 고초를 겪으신 것 같아 괜스레 죄송하네요."

그리고 그것은.

-소시민을 향한 거인의 묵례.

……라는 거창한 이름으로 JTBN을 통해 전 세계에 퍼져나갔다. 당연히 러시아는 세계의 비난을 받았고, 반대로 절대악의 위상은 더욱 높아졌다.

한 치킨집.

"대연합장이나 썩은 정치인들. 태르민 같은 놈한테는 한없이 강하시지만, 또 소시민에게는 한없이 너그러우신 것 아니겠냐?"

"근데 왜 네가 자랑스러워하냐?"

"그거야……."

사실 이유는 없었다. 한주혁이 자신과 같은 한국인이라는 것을 제외하면 한주혁과의 연결점은 단 하나도 없었다.

"뭐. 멋있으면 됐지. 뭘 따지고 있냐?"

"그건 그래."

말을 하던 남자가 맥주를 시원하게 들이켰다. 탁! 소리 나도록 테이블에 빈 맥주잔을 내려놓았다.

"시민을 향해서는 겸손할 수 있는 사람. 사람 위에 군림하지 않는 사람. 이게 바로 영웅 아니겠냐!"

괜히 자신이 기뻤다. 절대악은 비록 자신의 얼굴도 모르고 이름도 모르지만. 그래도 기분이 좋아졌다.

취기가 약간 올랐는지 얼굴이 발갛게 달아올랐다.

"저런 사람이 있어야지. 저게 영웅이지. 암. 그렇고말고."

'이 땅의 사법 정의를 바로 세우라'라는 '대 중국 명령'과 더불어, '소시민을 향한 거인의 묵례'는 '이 땅의 주인이 시민이다'라는 또 거창한 해석이 붙으며 절대악 폭풍을 주도했다.

한편, 탈룬네아는 오히려 황송할 지경이었다.

'나를 겁박하고 괴롭힌 건 러시아 정부와 특수 부대. 그리고 러시아의 대연합장 호크였다……!'

자신은 아무런 잘못이 없었다. 그런데 아무도 없는 공장으로 끌려가 생명의 위협까지 느꼈다.

정말로 죽는 줄 알았다. 맞을 때는 너무 아파서 억울한 줄도 몰랐다.

'그런데 정작 절대악은 나를 인간으로 대우해 줬다.'

조국인 러시아가 자신을 버렸다고 생각했을 때, 한국의 절대악이 자신을 인간으로 대해줬다.

한 명의 인간으로 존중하고, 한 명의 인격체로서 자신을 맞아주었다. 절대악의 한마디. '미안합니다'는 탈룬네아의 가슴을 뒤흔들어 놓았다. 그는 눈앞에서 거인을 본 것 같았다.

심지어 절대악이 이렇게 말했다.

"도의적인 책임을 지고서 탈룬네아 님께 보상을 해드리고 싶습니다."

나는 돈 많다. 그러니까 돈 먹고 꺼져라. 결코, 그런 느낌이 아니었다. 탈룬네아가 느끼기에 절대악은 정말로 미안해하고 있었다.

따지고 보면 절대악 때문이 아닌데. 러시아가 자신을 이렇게 대했을 뿐인데.

그런데 오히려 절대악이 진심 어린 사과를 했다. 거기에 보상까지 해준단다.

"아, 아닙니다."

사과는 러시아 정부와 검객 연합이 해야죠. 그렇게 말하고 싶었지만 참았다. 혹시. 나중에라도 해코지당할 수도 있으니까.

한주혁이 탈룬네아에게 레드 스톤을 건넸다. 레드 스톤은 요즘 시세가 많이 하락했다.

한주혁이 '헬 하운드 목장'을 통해 레드 스톤 수급을 원활하게 하고 있을뿐더러, 최근 슬라임 사태 때문에 잠시 가동이 멈추기는 했지만 '아서 광산'에서도 레드 스톤이 잘 나오고 있었으니까.

한주혁은 굳이 레드 스톤의 가격을 담합하여 올리거나 하지 않았다. 그런 거 없어도 한주혁은 잘 먹고 잘살 수 있으니까 말이다.

그럼에도 불구하고 레드 스톤은 여전히 하나에 3억 선에 거래되는 고가의 아이템이기도 했다.

'레, 레드 스톤……!'

하나에 3억. 그런데 그게 꾸러미다.

'2, 20개면……!'

눈이 돌아갈 것 같았다. 평생 떵떵거리고 살 수 있는 보물이 눈앞에 떨어졌다. 거절하려고 했는데 입술이 떨어지지 않았다.

한주혁이 말했다.

"호크 님."

"예. 절대악 님, 말씀하십시오."

호크는 '진심 어린 사과 몇 마디'로 상황을 종결할 수 있었다는 것에 대단히 큰 충격을 느끼는 중이다. 그는 오늘 세상을 더 배워야겠다고 느꼈다.

'정말 중요한 것은 내가 연합장 자리를 내어놓고, 책임을 진다는 그런 게 아니라…….'

진짜 중요한 것은 사람에 대한 진심 어린 사과. 그거였다. 호크는 그것을 오늘 배웠다.

아니, 원래 알고는 있었는데 요즘에는 잊고 있던 단순한 진리였다. 연합장이 아니라, 사람이 사과하는 것은 그게 맞으니까.

"전 도의적으로 이분께 사죄를 표하는 겁니다."

사죄 표하는데 무려 60억이 들었다. 한주혁 입장에서는 아무것도 아닌 푼돈이다.

하지만 이것이 큰 가치를 지닌 아이템이라는 사실을, 한주혁도 잘 알고 있다. 어려운 시절을 분명 겪었던 사람이다. 불과 1년 전에.

호크는 눈치챘다.

"저 역시 그에 못지않은 보상을 이분께 해드립니다. 작은 성의 표시로 생각해 주시면 감사하겠습니다."

절대악이 이만큼 했다. 그러면 사건의 발단을 만든 자신은? 러시아는? 적어도 절대악이 보기에 '성의 있다' 정도는 해야 한다. 그러려면 최소 절대악에 준하는, 합당한 보상이 필요하다.

한주혁은 세세한 것도 놓치지 않았다.

"보상은 보상이고. 이분의 안전도 안전이겠죠."

갑자기 보물을 가진 사람이 됐다. 이 보물이 저 사람을 위험하게 할 수도 있다는 것도 잘 알고 있다. 그래서 호크에게 말했다.

"혹시 저분께 어떤 문제가 다시 생긴다면……."

한주혁이 말꼬리를 흐렸다. 호크에게 귓말로만 말했다.

-저도 그때 일은 어떨지 모릅니다.

겁먹은 호크에게는 이렇게 들렸다.

-그때는 러시아가 멸망하는 날이 될 겁니다.

한주혁도 사실 어떻게 될지 모른다. 그냥 경고만 하는 거다. 러시아를 멸망시킬 생각도 의도도 없다.

그냥 경고만 했는데 호크는 '멸망 조심'이라고 알아들었다.

"물론입니다. 저분의 신변은 제가 책임지고 보호하겠습니다."

"네, 강재명 실장님 통해서 때때로 확인할 겁니다."

"당연한 말씀입니다."

일련의 과정을 모두 지켜본 '탈룬네아'는 감격의 눈물을 흘렸다. 이게 바로 세상의 영웅이다. 영웅이란 이런 거다.

어제까지만 해도 꼼짝없이 죽는 줄 알았는데. 이제는 세상이 달라졌다. 영웅 한 명을 만남으로 인해서 한 사람의 인생이 완전히 변했다.

탈룬네아는 한주혁이 먼저 말하기도 전에 자신이 먼저 말을 꺼냈다.

"제가 '광폭화 공장'이라 이름 붙은 히든 필드를 발견한 것은 사실입니다."

탈룬네아의 말이 이어졌다.

"그런데……."

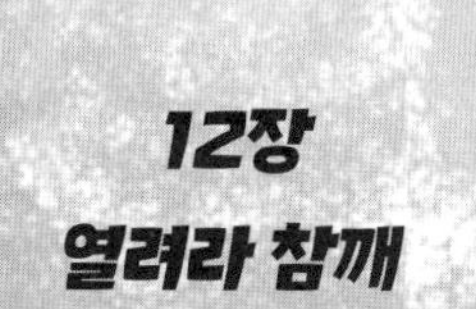

12장
열려라 참깨

탈룬네아가 말했다.

"제가 '광폭화 공장'이라 이름 붙은 히든 필드를 발견한 것은 사실입니다. 그런데…… 그곳을 들어가는 조건이 따로 필요합니다."

호크는 속으로 침음을 삼켰다. 아주 어릴 적. 동화인지 우화인지 하는 내용이 떠올랐다.

'해와 바람의 싸움이었나?'

동화 속에서는, 한 사람이 옷깃을 여미고 걸어갔다. 해와 바람은 그 사람의 외투를 벗기는 내기를 했다. 바람이 먼저 강력한 바람을 불었다.

그 사람은 그 바람에 저항하며 외투를 더욱 단단히 입었다. 다음 순서는 해였다. 해가 뜨거운 열기를 뿜어냈다.

결국 그 사람은 외투를 벗었다. 그때의 어린 호크는 '햇님이 이겼다!'라면서 좋아했었다.

'나는 그때의 어린 나보다도 더 어리석구나.'

절대악을 보면서 배웠다. 무작정 윽박지르고 협박한다고 모든 것이 이루어지지는 않는다. 사실 호크도 그 사실을 잘 알고 있다. 다만 이번에는 마음이 너무 급해서 제대로 보지 못했을 뿐.

'시민을 향한 거인의 묵례.'

자신의 폭력이 바람이었다면 절대악의 진심 어린 사과와 보상. 그리고 시민을 대하는, 아니, 사람을 대하는 태도는 해였다. 탈룬네아가 스스럼없이 절대악에게 자신이 가지고 있는 퀘스트 비밀을 술술 풀어냈다.

한주혁이 먼저 말했다.

"짐작 가는 것이 있네요."

"짐작 가는 것이요?"

한주혁도 이제는 도가 텄다. 절대악을 플레이해 오면서, 언젠가는 NPC들과 싸워야 할 거라는 것을 알게 된 순간 이후로, 한주혁은 늘 한 가지 흐름에 집중해 왔다.

"제물을 바치라는 것이겠죠."

"……맞습니다."

그리고 아마도 그 제물은 '플레이어의 목숨'이 될 거다.

"놈들은 플레이어의 생명력을 담보로 이런저런 권능을 이끌어내니까."

"……정확하십니다."

JTBN을 통해 그 사실이 전 세계에 알려졌다.

사실 한주혁은 카메라를 크게 신경 쓰고 있지 않았지만, 사람들은 자신의 방식대로 해석했다.

-이래도 친N파를 외쳐야겠냐는 거인의 질문이다. 잡놈들아.

-NPC들은 저따위다. 플레이어의 생명을 갉아먹는 쓰레기들. 그런데도 친N파가 웬 말이냐?

-나는 누가 뭐래도 무조건 절대악을 지지한다.

절대악을 지지할 수밖에 없는 상황 아닌가. 절대악은 조금 거슬리는 일이 있었던 미국에도 도움의 손길을 내밀었다. 사람들의 인식 속에서 절대악은 정의와 원칙에 따라 움직이는, 세계를 움직이는 거인이다.

물론 한주혁은 별생각 없었다. 그냥 저절로 모든 것들이 그려졌을 뿐.

"제물은 몇 명이나 필요하죠?"

"300명입니다."

한주혁이 고개를 끄덕였다.

"그쪽 필드로는 어떻게 가나요?"

탈룬네아가 자처했다.

"제가 안내하겠습니다."

순식간에 60억 자산가가 된 탈룬네아는 기쁜 마음으로 절대악을 안내했다.

그때 한주혁이 말했다.

"잠깐."

란돌은 흐뭇하게 웃으며 차를 마셨다. 먼 땅에서 지켜보고 있지만, 친구가 바로 옆에 있는 것 같은 기분이 들었다.

"기분 좋으신 일 있으십니까, 왕자님?"

"있고말고."

란돌은 친구의 마음을 아주 잘 이해했다. 보아하니 인벤토리에서 대충 아무거나 쥐여준 모양이다.

"레드 스톤 꾸러미라……."

저것은 원화로 60억의 가치를 가진다.

"재미있지 않은가?"

"무엇이 말씀이십니까?"

"저 사람은 절대악을 만났지."

"그렇습니다. 러시아로부터 몹쓸 고초를 받은 모양이긴 합니다만……."

그런데 그게 뭐가 재미있단 말인가?

"절대악을 만났고, 인생이 변했어. 왜 변했겠는가?"

란돌의 집사는 잠시 생각하다가 입을 열었다.

"가르침을 주십시오."

"절대악이 상식적인 사람이기 때문이네."

누군가에게 피해를 끼쳤으면 피해를 보상한다. 내가 큰 힘을 가지고 있어도, 약한 상대를 향해 함부로 휘두르지 않는다. 정말 지극히 상식적인 얘기다. 그러나 그 상식적인 얘기가 곧 진리는 아니다. 란돌의 눈으로 보아왔던 세계는 그다지 상식적이지 않았다. 어릴 때 배웠던 교과서대로 흘러가지 않는다.

'힘을 가진 이는 어떻게든 그 힘을 사용하고 싶어 하지.'

그런 의미에서 보면 절대악은 정말로 위인이라 할 수 있다. 내 친구라서 그런 것이 아니라, 진짜다. 란돌은 그렇게 생각했다.

"상식대로 사는 것. 인간이 인간답게 사는 것."

"……."

"그것이 무엇인지. 절대악이 전 세계에 가르쳐 주는 것 아니겠나?"

말이 아니라 행동으로. 개인을 상대로 하는 것이 아니라 전 세계를 상대로 가르치고 있다.

"저 행동들을 본 각국의 정상들. 정치인들. 그리고 사회 권력층이 앞으로 어떻게 행동해야겠나?"

전 세계가 지켜보고 있는 와중에 러시아의 대표 플레이어가 나와서 허리를 숙였다.

카메라 앞에서. TV 속 절대악이 이렇게도 말했다.

-잠깐.

퀘스트를 클리어하러 가나 싶었더니 절대악의 입에서 또 다른 얘기가 튀어나왔다.

-이분의 신상을 털어서 납치하고 감금했던 것이 단순히 검객 연합의 짓이 아니라는 거 잘 압니다.

절대악이 카메라를 보면서 말했다. 이왕 하는 거. 확실히 하는 게 좋다. 책임 소재를 분명히 해놔야 한다. 그래야 나중에 뒤탈이 없다. 아무리 옳게 행동해도, 아무리 잘해도, 분탕질하는 인간들은 어디에나 존재하니까.

-현실에서도 힘을 행할 수 있는 권력을 가진 이들이 움직였겠죠.

자신을 향한 충성은 알겠으나 방법이 잘못됐다. 한주혁이 단도직입적으로 명령했다.

-사과하세요.

란돌이 그 말에 더욱 흐뭇하게 웃었다.

"봤는가?"

"예. 봤습니다."

"내가 말했던 거네."

절대악이 먼저 저렇게 움직였다. 러시아 정부더러 사과하라고까지 명령했다. 대 중국 명령에 이은 대 러시아 명령까지. 러시아 정부는 이제 발 빠르게 움직여야 할 거다. 사과하라는 명령이 떨어졌으니까. 그 명령을 내린 사람이 하필이면 절대악이니까.

"그 자존심 높다는 러시아의 대통령도 콧대를 꺾을 걸세."

어쩔 수 없다. 상대가 절대악이다.

"사과하기 죽어도 싫어하는 인물이지."

특유의 배짱과 상남자스러운 행보로 많은 러시아인들의 사랑을 받고 있는 인물이기도 하다. 그가 한 국민을 찾아가 공식적인 사과를 해야 한다. 절대악이 대통령보고 말한 건 아니지만, 란돌은 당연히 러시아의 대통령이 직접 움직일 거라고 생각했다.

"자. 그러면 그림이 다 그려졌겠지?"

"……예."

러시아의 의도야 어찌 됐든 방법은 잘못됐고 절대악에게 혼이 났다. 절대악이 상식적으로 행동하라고 주문했다.

"결국 러시아에게 하는 말이 아니라…… 전 세계의 권력층에게 경고를 보낸 셈이로군요."

"그렇지."

란돌은 그래도 한주혁에 대해서 잘 안다고 자부한다.

'그럴 의도는 없었겠지만…….'

한주혁에게 그런 의도는 없었을 거다. 하지만 본인의 의도야 어찌됐든 이 행위는 분명히 전 세계를 향한 경고가 될 거다. 사회 권력층이 시민에게 불합리한 강제력을 발휘할 수 없도록.

'효과야 확실하겠지.'

그 누구의 경고보다, 그 어떤 제재보다, 더욱 강력한 '언령'이 전 세계에 뿌려진 셈이다. 올림푸스식 표현으로 하자면 진언이나 다름없지 않겠는가.

"내 친구지만 참."

차를 한 잔 마셨다. 기분이 굉장히 좋았다.

"대단하지."

귀족은 귀족답게. 권력층은 권력층답게. 지도층은 지도층답게.

'그리고 왕은 왕답게.'

란돌은 기분 좋게 웃었다. 한참이나 웃음이 끊이지 않았다. 당연하게도, 란돌이 생각하는 '왕'은 한주혁이었다. 왕이 먼저 모범을 보였는데 다른 이들이 어찌 감히 거부하겠는가.

너무나 당연한 말을, 흐뭇한 표정으로 말했다.

"왕이 먼저 움직이면 신하들도 움직이는 법이라네. 좋든 싫든 말이야."

한주혁은 '탈룬네아'의 안내를 받아 이동했다. 워프 포탈을 몇 개 타고 그다지 깊지 않은 산맥 하나를 넘었다.

산맥 안. 한 작은 동굴이 보였다. 무심코 지나치면 아무도 신경 쓰지 않을, 작은 동굴이었다.

"저는 이 동굴을 클릭 가능합니다."

클릭하면 설명이 활성화된단다.

탈룬네아가 동굴의 입구를 클릭했다.

<수상한 냄새가 나는 동굴>

수상한 냄새가 나는 동굴입니다. '광폭화의 깃털'이 반응하고 있습니다. '광폭화의 깃털'과 관련이 있는 것 같습니다.

탈룬네아가 아이템을 한주혁에게 건넸다. 아이템의 이름이 '광폭화의 깃털'이었다.

"이것입니다."

"감사합니다. 이것에 대한 값은 강재명 실장을 통해 치르도록 하겠습니다."

"아닙니다! 저는 이미 받은 것만으로도 너무나 충분합니다!"

탈룬네아가 손사래를 쳤다.

이미 그는 60억 자산을 가진 부자가 되었다. 방금 호크를 통해 들었다. 이 60억에는 세금도 떼지 않는다고. 60억이 온전히 그의 것이다. 그리고 당분간 러시아의 특수 부대가 그를 호위해 줄 거다. 그 누구도 감히 자신을 건드리지 못할 거다. 안전한 부자가 됐다. 이걸 만들어준 사람이 절대악이다. 탈룬네아에게는 인생의 은인이다.

한주혁이 어깨를 으쓱했다.

"값은 제대로 치러야죠."

레드 스톤 꾸러미도 그냥 성의를 보였을 뿐이다. 한주혁에게는 별거 아니다. 주머니에 있는 500원짜리 동전을 꺼내준 것 같은 느낌이랄까. 물론 그것만으로도 한 사람의 인생이 완전히 바뀌기는 했지만, 어쨌든 한주혁은 아이템을 받아 들었다.

<광폭화의 깃털>

생명체를 광폭화시키는 권능이 담긴 깃털입니다. '광폭화의 냄새'와 반응합니다.

광폭화의 깃털이 인벤토리 내에서 부르르 떨리고 있었다.

광폭화의 깃털을 받은 뒤로, 한주혁도 '동굴'을 클릭할 수 있었다.

알림이 들려왔다. 익히 알고 있는 알림이었다.

-입장 조건이 충족되지 못했습니다.

-제물 300명이 필요합니다.

-제물은 '플레이어' 혹은 'NPC'로 한정됩니다.

한주혁에게 '제물'에 관한 정보가 저절로 입력되었다. 내용 자체는 어렵지 않았다.

'내가 제물로 지목한 사람 300명을 잡아먹는다는 거지?'

한주혁이 피식 웃었다.

이건 제우스의 설정값이 아니다. 제우스는 이런 설정을 넣지 않는다. 아니, 애초에 넣을 수 없도록 되어 있다. 이놈들, 어지간히도 제물을 좋아하는 거 같다.

"300명의 제물이 필요하다라."

탈룬네아가 미안한 듯 말했다.

"예. 설정값이라서 어떻게 할 수가 없네요."

그리고 조금 궁금했다. 과연 절대악이 이 퀘스트를 포기할 것인가. 그가 본 영웅 절대악이라면, 절대로 이 퀘스트를 진행할 리가 없다. 자신의 퀘스트를 위해서 300명을 희생시킬 사람이 아니다. 그래서 미안했다.

"죄송합니다. 클리어할 수 없는 곳으로 안내해서……."

그 말에 루펜달이 고개를 저었다.

"쯔쯧. 믿음이 부족한 자로구나."

루펜달은 믿었다. 절대악에게 어떤 방법이 있을 거라고.

"형님께서는 이곳을 클리어하실 것이다."

"하지만 제물 300명이……."

"다른 방법이 있어."

"그게 뭔가요?"

루펜달이 가슴을 쭉 펴고 당당하게 말했다.

"그 방법은 나도 모르지."

"……예?"

루펜달의 논리는 이러했다. 방법은 모른다. 하지만 형님이 해내실 것은 안다.

그사이 BJ 핵초리도 이곳을 힘겹게 찾아왔다. 손석기는 물론이고 많은 기자들이 이미 '수상한 냄새가 나는 동굴'을 찾아온 상태.

이미 유명 BJ가 된 핵초리는 그 나름대로 상황을 중계했다.

-형님들. 들어보니까 제물 300명이 필요하다는 거 같습니다. 절대악도 이번에는 포기해야 할 거 같습니다.

300명의 제물을 어떻게 바친단 말인가. 이건 아예 클리어할 수 없도록 만들어놓은 조건이다.

-가슴 아프지만……. 사상 처음으로 절대악이 실패하는 광경을 중계하게 될지도 모르겠습니다.

그것은 그것 나름대로 시청자들을 불러모았다. 실패를 모르는 왕. 절대자 아서에게도 이번만큼은 이렇다 할 방법이 없을 것 같았으니까.

-응……?

핵초리가 말을 이었다.

-어. 음. 에. 음. 그게. 그러니까. 이걸 뭐라고 표현해야 하죠?

황당한 상황이 벌어졌다.

한주혁은 여태까지 많은 설정값들을 변경해 왔다.

'설정?'

지금의 한주혁에게 있어서 '설정값'이라는 것은 그저 하나의 귀찮은 장애물일 뿐이다. 한주혁은 동굴 입구를 다시 한번 클릭했다.

-입장 조건이 충족되지 못했습니다.

-제물 300명이 필요합니다.

-제물은 '플레이어' 혹은 'NPC'로 한정됩니다.

제물을 바치면 된다라.

"그냥 열자."

한주혁의 언어는 힘을 가진다. 아주 오래전. '케르핀의 낙서장'을 사용하여 설정값들을 변경했고, 최근에는 '태초의 옥새'가 가진 힘을 끌어내기도 했다.

아무도 발견하지 못했지만 동굴 입구에 아지랑이가 피어올랐다. 아주 잠깐이었다. 아지랑이는 금세 사라졌다.

"안 여냐?"

한주혁은 12대 초인의 아이템인 '가르샤의 창'에 각인되어 있던 '쿠낙 조각술'을 한번 사용한 것만으로도 조각술을 완벽히 재현했다.

이것도 같은 맥락이다. 아이템이나 스킬을 활용하여 발현했던 능력. 그 능력에 한주혁의 '음성'이 더해졌다.

"열어라."

다시 알림이 들려왔다.

-입장 조건이 충족되지 못했습니다.

-제물 300명이 필요합니다.

-제물은 플레이어 혹은 NPC로 한정됩니다.

한주혁의 음성에는 권능이 담겨 있다. NPC들은 이것을 진언이라고 표현하고 또 어떤 이들을 이것을 '언령'이라 표현한다.

JTBN의 손석기는 이 장면을 중계해도 되나 안 되나, 조금 고민에 빠져야만 했다.

'절대악의 명령이 통하지 않는다.'

사실상 이건 말도 안 되는 상황이다. 의지가 없는 '동굴 입구'에다가 '열어!'라고 말을 한다고 해서 열릴 리 없지 않은가.

'이래서야 절대악의 위신이…….'

손석기의 솔직한 마음으로는 절대악이 실패하고 있는 모습을 방송에 내보내고 싶지 않다.

그러나 이곳에는 이미 많은 기자들과 BJ들이 찾아온 상태.

'방송을 끌 수는 없는데.'

전 세계인들이 지켜보고 있을 거다. 괜히 마음이 안 좋아졌다. 절대악 아서는 손석기에게 있어서도 영웅이었다. 영웅의 명령이 통하지 않는 모습. 어쩌면 우스꽝스러워 보일 수 있는 저 모습. 괜스레 손석기 자신이 민망했다.

'아니…… 도대체 무슨 생각을 갖고 계신 거지?'

한주혁에게 특별한 능력이 있다는 건 알고 있다. '태초의 옥새'에 대해서 정확하게는 모르지만, 대략적으로 어떤 능력이 있는지는 안다.

'그런 권능을 쓰고 있는 것도 아니고…….'

도대체 왜 저렇게 쉽게 말한단 말인가. 설정값이 정해져 있는 '물체'에 대고 대화를 걸고 있단 말인가. 저 사람이 절대악이 아니라 다른 사람이었다면 정신병자처럼 보일 것 같았다.

한주혁은 인상을 살짝 찡그렸다.

'이걸로는 안 되네.'

태초의 옥새가 가진 권능을 끌어내려면 블랙 스톤이 또 많이 소요된다. 아깝다.

'아니.'

할 수 있다. 조금 더 집중하기로 했다.

'집중을 하기는 하는데…….'

헛기침을 한번 했다. 황제의 권위를 조금 더 드러낼 수 있는 표현. 자신의 의지를 조금 더 효과적으로 표현할 수 있는, 권능과 권위를 가진 표현이 필요하다. 세계의 사람들이 전부 보고 있는 상황.

한주혁이 한 발자국 앞으로 움직였다.

"길을 열어라. 내가 걷는 길을 밝게 비추어라. 태양의 발걸음을 막는 자. 멸망을 면치 못하리라."

한주혁은 부끄러움을 잊었다. '아서'의 지능은 무려 MAX에 달한다. 약간의 부끄러움이 느껴지는 대사지만, 한주혁은 이 상황에만 집중했다. 그의 집중력은 상상을 초월하는 수준이었고 따라서 부끄러움을 느낄 찰나조차 없었다.

알림이 약간 바뀌었다.

-입장 조건이 충족되지 못했습니다.

-제물 100명이 필요합니다.

-제물은 '플레이어' 혹은 'NPC'로 한정됩니다.

300명에서 100명으로 줄었다.

'요것 봐라?'

그래 봐야 누군가가 인위적으로 설정한 설정값 주제에.

"네게 군주의 걸음을 막도록 명령한 자가 누구냐? 그자가 나보다 높으냐?"

무생물인, 클릭 가능한 물체인 동굴 입구에 계속 말을 걸었다. BJ 핵초리도 그 말과 상황을 다 보고 들었다.

-어. 음. 에. 음. 그게. 그러니까. 이걸 뭐라고 표현해야 하죠?

절대악이 뭘 하는지 모르겠다.

-저 대사는 좀…… 뭐랄까. 멋있기는 한데…….

멋있기는 한데 요즘 감성에는 좀 안 맞는 것 같다.

그러던 와중. 핵초리는 채팅창들을 살펴봤다.

-크으. 오늘도 나는 절대악뽕에 취한다.

-군주의 걸음을 막도록 명령한 자가 누구냐? 그자가 나보다 높으냐? 아닙니다. 저는 쩌리입니다. 절 가지세요. 엉엉.

-미쳤다. 중2 감성이 오진다. 내 안의 흑염룡이 용솟음치고 있다……!

무생물인 동굴과 대화하는 그 모습. 다른 사람이 그랬다면 미친놈이라고 비웃었겠지만, 지금 핵초리의 채팅창에 모인 대부분의 사람들은 이른바 '절대악뽕'에 취한 사람들이었다.

-개멋있다.

-나 지금 좀 지렸다. 좀 더 지려도 되는 각이냐?

'절대악뽕'에 취한 이들은 절대악의 대사 하나하나에 감동했고 감탄했다.

BJ 핵초리는 바로 말을 바꾸었다.

-역시 절대악입니다. 대사 하나하나가 아주 생명력이 넘칩

니다. 역시 절대악 클라스는 어디 가지 않습니다. 이정도면 열려라 참깨 수준 아닙니까?

속으로는 생각했다.

'아니, 아무리 그래도…… 저건 지나친 개똥폼 아닌가?'

일단 분위기에 편승해서 절대악을 찬양하고는 있다만, 그래도 이건 아닌 거 같다. 동굴한테 말을 건다고 동굴이 설정값을 스스로 바꿔줄 리 없지 않은가.

'절대악이 스스로의 멋에 취해 미쳐 버린 건가?'

아니면 어떤 특수 효과에 당했나?

'그런 건 아닌 거 같기도 한데…… 아무리 봐도 제정신인데.'

제정신으로 왜 동굴과 대화를 하고 있단 말인가.

"마지막으로 네게 명령한다. 이것은 태초의 명령과 같은 권능을 가지며, 네가 지켜야 할 지상 명령이다. 누구보다 높은 이의 언령이니 나의 말을 받들어라."

한주혁은 스카이데블의 절대자로 군림하면서, 대군주의 역할을 수행하면서, 카리스마 스탯을 올리면서 이러한 상황을 자주 접했고 또 익숙해진 상태. '표현법'을 달리하여 동굴 입구에 명령했고, 그 결과는 간단했다.

-클릭 제한 조건이 소멸되었습니다.

누구나가 클릭 가능한 동굴로 바뀌었다.

BJ 핵초리도 동굴을 서둘러 클릭했다.

-입장 조건이 만족되었습니다.

-입장할 수 있습니다.

그리고 한동안 말을 잇지 못했다. 이게. 왜. 열려? 저게 개똥폼이 아니었다고? 큰 충격을 받아야만 했다.

-형님들. 이거 뭡니까?

도대체 절대악이 가진 능력의 끝이 어디인가 싶다.

'이럴 거면 설정값이 왜 존재해?'

모르겠다. 절대악이 몇 번 말하니까 설정값이 그냥 바뀌었다. 무슨 특별한 아이템이 있어야만 클릭 가능한 동굴이었는데, 이제는 누구나가 클릭 가능해졌다.

-아이템도 없이, 아무나 입장이 가능한 설정으로 변했는데요?

황당했지만 사실이었다. 핵초리가 직접 눈으로 확인했다.

-하여튼 설정값이 변했습니다.

그사이. 한주혁이 동굴을 향해 걸음을 옮겼다.

한주혁은 동굴 바로 앞에 섰다. 호크에게 말했다.

"가능하면 아무도 입장하지 않으면 좋겠습니다."

"물론입니다. 절대악의 지상 명령을 받들어. 입구를 철통같이 지키도록 하겠습니다."

"강제할 수는 없습니다."

"지, 지당하신 말씀입니다."

호크는 순간 찔렸다. 또 실수하면 안 된다. 진심 어린 사과 한마디로 어쨌든 상황을 종결시킨 지 얼마 되지도 않았다. 또 실수했다가는 러시아가 날아갈 거다. 호크의 머릿속에서는 그랬다.

"정 들어오고 싶으면 어쩔 수 없지만…… 최소 세 번 이상의 경고를 해주시기 바랍니다. 이곳은 절대악 시나리오 퀘스트와 연관되어 있으며 그러한 퀘스트는 대부분 실종이나 델리트. 혹은 현실에서의 죽음을 페널티로 합니다."

"알겠습니다. 반드시 세 번 이상 경고하도록 하겠습니다."

그럼에도 불구하고 억지로 들어오겠다는 이들을 막을 권리는 없다.

한주혁이 기자들을 향해 말했다.

"저는 안에서 일어나는 일에 책임지지 않습니다. 자신의 몸을 지킬 분은 알아서 지키십시오."

기자들은 조용해졌다. 손석기마저도 쉽사리 움직이지 못했다. 다른 사람도 아니고 절대악이 경고했다. 그러면 안 들어가는 게 맞다.

"에이. 아쉽지만 중계는 여기까지 해야겠네."

"돌아가자. 다른 사람도 아니고 절대악의 경고야."

까딱 잘못하면 죽는다. 아니, 거의 100퍼센트에 가까운 확률로 죽을 거다. 일반인과 절대악의 클래스 차이는 하늘과 땅보다도 더 많이 나니까. 절대악이 진행하는 퀘스트에 휘말렸다가는 뼈도 못 추릴 거다.

BJ 핵초리도 여기서 중계를 멈추기로 했다.

-형님들. 죄송합니다. 저도 일단 살기는 살아야 해서요.

절대악의 말은 그만큼의 영향력을 가졌다. 취재를 위해서는 물불을 가리지 않는다는 기자들도 전부 돌아갔고, 기자들보다 더 물불을 안 가린다는 BJ들도 돌아갔다.

한주혁이 한숨을 내쉬었다.

'다행이다.'

아직 언어를 통한 명령이 완전히 숙달되지 않았다.

'또 힘 조절 실패했네.'

좀 과했다. 아예 '입장 제한 조건' 자체가 사라져 버릴 줄은 몰랐다. 혼자서 들어갈 수 있을 정도로만 설정값을 바꾸려고 했는데 실수로 완전히 바꿔 버렸다.

'연습이 좀 필요하겠다.'

아무래도 연습이 필요할 거 같다. 이번에 성족들을 싹쓸이하면서 느꼈다. 힘이 너무 세도 안 좋다는 것을. 너무 세면 취할 것도 못 얻는다.

러시아에서는 레인보우 스톤을 하나도 못 얻었다. 실수로 힘을 너무 많이 썼으니까. 이번에도 마찬가지였다. 권능이 너무 강력해서 설정값을 지나치게 많이 바꿨다.

'연습하면 되겠지, 뭐.'

동굴 안으로 들어갔다. 혹시 모를 위험이 있을지 모르니, 혼자 들어가기로 했다. 말에 힘을 좀 많이 줬더니 동굴의 정체가 조금 더 까발려졌다.

<미친 과학자의 실험실로 연결되는 동굴>

미친 과학자의 실험실로 연결되는 동굴입니다. '광폭화의 깃털'이 반응하고 있는 것으로 보아 '광폭화'와 관련된 과학자일 가능성이 매우 높습니다.

한주혁이 씨익 웃었다.

-미친 과학자의 실험실에 입장합니다.

동굴을 통과하자 필드가 변했다. 갑자기 불이 번쩍! 들어왔다. 주변이 삽시간에 환해졌다.

'오호.'

음습하고 어두운 동굴 혹은 지하 통로를 생각했는데 아니었다.

'이건…… 에어컨 바람인가?'

'미친 과학자의 실험실'이라고 이름 붙은 이 필드는 꽤 쾌적했다. 에어컨 바람이 느껴졌다. 습도와 온도가 자동으로 조절되는 모양이었다.

'바닥은 시멘트.'

현대식 실험실에 들어온 것 같았다. 마법 조명이 아닌, LED 조명이라 짐작되는 빛들이 주변을 밝히고 있고 벽면에는 위이잉- 소리를 내는 거대한 컴퓨터가 돌아가고 있었다.

한주혁은 한쪽 벽면을 쳐다봤다.

"저것들은……."

유리관이 보였다. 커다란 유리관들이었다. 그 유리관 안에는 녹색의 액체가 가득 담겨 있었고, 녹색의 액체는 보글보글 끓고 있었다.

녹색 액체 속에는 또 무엇인가가 들어 있었다.

'키메라인가.'

인간에 가까운 형태지만 인간이라 보기에는 어려웠다. 피부를 모두 벗겨낸 인간 같았다. 근육과 힘줄이 튀어나와 있고, 눈동자가 튀어나와 대롱대롱 매달려 있었다. 또 어떤 것은 사람의 다리 대신 호랑이의 다리가 달려 있기도 했다. 전체적으로 기괴하고 흉측한 모양새의 키메라들이 유리관 안에 담겨 있었다.

그때.

"낄낄낄낄!"

목소리가 들려오기 시작했다. 순간 조명도 변했다. 마치 싸이키 조명 같았다. 어두워졌다가 밝아졌다가.

거기에 더해 EDM 댄스 음악까지 흘러나왔다. 클럽 안에 들어온 것 같았다.

한주혁은 직감했다.

저놈이 미친 과학자구나.

'그렇다면 나는.'

죽이는 것만이 능사는 아니다. 한주혁은 처음 저 '미친 과학자'가 등장했을 그때부터, 아니, 그보다 훨씬 전부터 어떻게 해야 할지 머릿속으로 그림을 그리고 있었다.

'오랜만이라서 잘될지 모르겠는데.'

오랜만에 '그 힘'을 사용하기로 했다.

to be continued

Wish Books

9클래스 소드 마스터

이형석 퓨전 판타지 장편소설

WISHBOOKS FUSION FANTASY STORY

검성(劍聖), 카릴 맥거번.
검으로 바꾸지 못한 미래를 다시 쓰기 위해
과거로 돌아오다.

이민족의 피로 인해 전생에 얻지 못한 힘.

'이번 생에 그걸 깨주겠다.'

오직 제국인들만이 사용할 수 있었던,
그 힘을!

'나는 마법을 익힐 것이다.'

이제, 검(劍)과 마법(魔法).
두 가지의 길 모두 정점에 서겠다.

9클래스 소드 마스터: 검의 구도자